Los Anillos de Estrella

Novela   Romántica   Contemporánea

Luz Mota

Esta novela pertenece a una serie de Novelas Románticas de Luz Mota, Junto a AMORES COTIDIANOS y UN MENSAJE DEL FUTURO.

(Son novelas Independientes unas de otras, cuyos personajes principales son mujeres contemporáneas)

Dedicado a mi familia: Tomás, Miguel y Luna. También a todas las mujeres de la familia o amigas ¡y a la madre de alguna de ellas!, que me leen y compran mis libros. Gracias.

Hacía semanas que los días se me hacían interminables y no tenía concentración para trabajar, leer o ver una película. Había escuchado que caminar alegraba el espíritu y por ello pasaba las tardes recorriendo el paseo principal del parque, lugar donde siempre había gente y mi miedo a la soledad disminuía.

Todo había empezado cuando Alberto me dijo que se iba a los Emiratos Árabes a desarrollarse profesionalmente y deseaba que lo acompañara. Mi trabajo estaba y sigue estando aquí, en España y no me atreví a dejarlo. Mis padres se sacrificaron mucho para que yo estudiase y no quise, de un día para otro, dejar mi carrera, mis logros profesionales y mi preciosa casita con jardín; sin saber si vivir con Alberto iba a ser plenamente satisfactorio.

Había tenido con él una relación encantadora los últimos dos años, pero viviendo cada uno en su casa, sin compartir el día a día; solo acompañándonos en los buenos momentos: cines, teatros, viajes y especialmente en las comidas en los buenos restaurantes de Jaén y su comarca, donde disfrutábamos de aquello que más nos unía, la exquisita comida hecha con aceite de oliva de la tierra.

Alberto se fue solo, después de discutir varias semanas y no supe más de él. Yo que invariablemente me había encontrado bien sin compañía y siempre disfruté de mi trabajo como astrónoma, más aun desde que me dedicaba a investigar los anillos de Saturno; había dejado de centrarme en mi labor y la soledad se me hacía muy presente, en especial de seis a ocho de la tarde, donde un desagradable nudo en la garganta se me aposentaba como un parásito extraño.

No había ido a discotecas ni en mi adolescencia, donde estudiar fue mi mayor entretenimiento y ahora solo salía para ir al restaurante o para caminar con paso rápido por el paseo principal del parque o las zonas cercanas, con el fin de intentar deshacer mi angustia.

Me había dado cuenta que poseía escasos recursos para conocer a personas nuevas y no me fiaba demasiado de las redes sociales para los asuntos amorosos, así que decidí aceptar una propuesta de mi compañera de trabajo sobre conocer a un amigo suyo. Parecía una buena alternativa para intentar salir del túnel donde se había instalado mi espíritu.

♥

Habíamos quedado en el restaurante Violeta, llamado así por el nombre de su dueña a la que conocía por ser clienta. Aunque Laura, mi amiga, me comentó que no era buena idea ir al establecimiento donde tantas veces comí con Alberto, insistí en el lugar por tener una vinculación especial con él;¡ allí me sentía como en casa!. Posee el local una decoración alegre y un sutil olor a especias que me recuerda a la cocina que tenía mi madre y sirven además uno de los vinos de esta tierra que mejor me sientan y que más me suben el ánimo sin perder la cabeza.

Me recomendó mi amiga, que me vistiera un poco sexy para la cita, pero nunca he querido dar una falsa impresión a las personas. Sé que soy más o menos atractiva o eso me dice la gente, por ello me decidí por unos pantalones oscuros y un suéter color crema muy suave, que tan solo descubría algo mi cuerpo, con el fin de no ocultarlo especialmente.

La cita era con él y con Laura, pues le pedí a mi amiga que no me dejase sola en esta inicial ocasión ya que no estaba en mi mejor momento anímico.

Fui la primera en llegar al lugar, pero no me importó, pues el ambiente familiar me arropaba. Muy frecuentemente iba allí sola, en especial desde que Alberto se fue al lado del golfo Pérsico. Comer bien es uno de los pocos caprichos que me permito. Me conocen en el lugar los camareros, además de la dueña Violeta. Ellos saben mis gustos; así que los saludé y les expresé que en esta ocasión seríamos tres, por lo que no ocupé la acogedora mesa donde siempre me colocaba desde que "él" se paseaba por Emiratos Árabes.

Mientras esperaba a mis acompañantes, me imaginé a Alberto disfrutando de una cena con alguna chica árabe en algún restaurante de Abu Dhabi, situado en un rascacielos; pero como no quise dar rienda suelta a mi pensamiento pues no me venía bien cavilar sobre Alberto de ningún modo, pedí una copa de vino y comencé a mirar la carta. No quería pedir lo mismo de siempre, necesitaba romper mis rutinas y comenzar el proceso de cambio con la comida, mi punto fuerte de placer.

Cuando Laura y su atractivo amigo entran en el restaurante, me levanto y sonrío. Me doy cuenta que el aspecto de Daniel es impecable y pienso que debía haberme puesto otro atuendo en lugar de mis pantalones neutros. Me agrada la primera visión de su persona. Es un hombre guapo, tiene una cabellera castaña muy brillante y ojos color miel. Me pongo un poco nerviosa, pero la copa de vino que he pedido mientras esperaba, me ha hecho superar el nerviosismo con naturalidad. Laura nos presenta y él dice que mi nombre le parece muy bonito.

— Mi padre me puso Estrella porque le encantaba mirar al cielo y soy astrónoma gracias a que de pequeña me regaló un telescopio— le contesto.

Noto que mi respuesta le ha resultado infantil. Si, no ha sido una salida muy afortunada y es que esto de las citas a ciegas me pone nerviosa, pero a la vez estoy contenta pues sé que estos encuentros me ayudarán a superar mi separación de Alberto.

Laura pide al camarero otra copa del mismo vino que yo he pedido, ella cree que soy entendida en vinos y le recomienda a Daniel otra. Después demanda unos taquitos de mero fritos para compartir y explica que venía pensando en ellos todo el camino hacia el restaurante.

Posteriormente, ellos miran la carta con detenimiento y comienzan a pedir: Daniel merluza, Laura verduras con albondiguitas y yo bacalao a la alcazaba.

En la comida Daniel cuenta que ha venido a la ciudad para trabajar en la construcción de un nuevo edificio hospitalario, pues es arquitecto. Posteriormente describe cómo ha conocido a Laura cuando subía a su nuevo hogar en el ascensor. Ha alquilado un piso justo frente a ella. Solo hace tres meses de su llegada y estará un par de años como mínimo. Laura añade mirándome:

—Daniel es soltero en la actualidad pero ha estado casado ya, aunque sin hijos.

Más tarde, mientras nos tomamos una infusión y una tarta de chocolate sin gluten y sin azúcar, ya que Laura piensa que ha comido demasiado— ella siempre se ve gorda tras las comidas— comenzamos a conversar sobre Astronomía.

Agradezco para mis adentros que no hablemos de Arquitectura, pues es un tema del que se muy poco y no quiero darle a Daniel una mala impresión en el primer encuentro.

Laura inicia su tema preferido, la posibilidad de que la raza humana se traslade al planeta Marte si continúa el cambio climático en la Tierra.

—En Marte hay hielo, tan solo habría que aprovecharlo, no es mala idea— respaldo su idea para animarla.

—El agua es lo primordial—apunta Laura

Daniel sonríe y comenta que tendríamos que acostumbrarnos a la diferente gravedad del planeta.

—Si—aclaro para seguir su hilo en la conversación— Tendríamos que hacer mucho ejercicio para evitar perder nuestra masa muscular.

—Yo tendré trabajo pues habrá que construir en Marte muchos edificios—dice Daniel entre risas.

Después de un rato más de charla intrascendente, salimos contentos del restaurante y Laura se despide pues ella tiene hijos que atender, nos recuerda.

Yo me siento feliz por no haber pensado en Alberto y le agradezco a mi amiga la compañía. Daniel me propone andar un rato por el paseo central y le respondo que me apetece mucho.

Paseamos en silencio, observando los escaparates de la avenida, los bellos árboles centenarios, los edificios antiguos en los que

Daniel hace hincapié, mientras sentimos una agradable brisa fresca en nuestros rostros. Luego Daniel me mira y me pregunta:

— ¿Te gustan los niños?

La pregunta me sorprende extrañamente, no sé qué contestar pero tras una pausa decido ser sincera.

—Tengo que decirte— contesto por fin— que no sé si me gustan o no, soy hija única y no tengo sobrinos, me alegra ver a algunos niños a ratos, pero nunca me planteé tener hijos pues mi carrera profesional me ha apasionado siempre y me faltan horas al día para consagrarme a la Astrofísica. Tener hijos es para dedicarse a ellos y no es mi opción. Además pienso que en la actualidad la humanidad invade por completo el planeta Tierra, ¿para qué seguir procreándonos? Y no podemos olvidar que nuestra raza se tendrá que enfrentar a las consecuencias del calentamiento global, a los microbios y virus, a posibles impactos de meteoritos…y ¡no quiero seguir para no amargarte la tarde!

—En esto estoy de acuerdo contigo. Me separé de mi esposa por no querer tener hijos y ella sí. No es que no me gusten los niños, se trataba de la responsabilidad. Siempre pensé que era demasiada y que había muchos factores en contra de la felicidad de los hijos. Son épocas en las que el trabajo ocupa casi todo nuestro tiempo y las familias son muy reducidas, no veo niños felices.

—Bueno, pues al menos nos une algo importante, en esta amistad que comienza. ¿Quieres un pastel o café? — le propongo al ver una cafetería cercana a mi casa.

—No, por ahora no, hemos comido muy bien—responde Daniel

—Pues entonces podemos quedar el domingo para comer de nuevo en el "Restaurante de Violeta". Es mi preferido. O en otro lugar que te guste. ¿Te animas?

—Claro, nos vemos allí el domingo, te llamaré antes para concretar la hora. Por cierto dame tu número —me apunta Daniel

Mientras voy diciendo los números de mi móvil, observo las manos cuidadas de Daniel anotarlos y me atraen sus fuertes dedos morenos con un suave bello castaño. Luego le digo:

—Yo me quedo aquí Daniel, vivo en esta casita que ves, con el jardín repleto de plantas. Me gustan los vegetales...

—Se ve muy acogedora—comenta mientras espera que abra la puerta del jardín, después se acerca y me da un suave beso en la mejilla de despedida

Yo entro contenta en casa. La vida me da un regalo otra vez, una persona a la que conocer y con la que compartir algunos momentos de la existencia. No deseo mucho más.

♥

Ya en el interior de mi jardín presto atención a un pequeño gato que se encuentra maullando en la tapia. Es un gato gris y blanco, con grandes ojos azules y parece haberse perdido. Me subo en un sillón e intento cogerlo pero no puedo. Entonces se me ocurre coger una lata de atún para ponérsela abajo y que coma. El gato baja de la tapia por las ramas de una enredadera y comienza a comer. Lo observo y cuando termina lo acaricio y siento algo especial por el animal. Sus ojos son una señal, pero no sé de qué. Tienen un azul extraordinariamente profundo y uno de ellos no se alinea en la misma dirección que el otro. Creo que el gato es bizco. Lo pongo en mi porche, busco una caja para hacerle una cama y un tarro con agua. El animal se enrosca y se queda dormido dentro de la caja. Decido dejarlo ahí e ir a preguntar a la vecina si es de ella el gatito, pero no sabe nada.

Después me relajo en el sofá y comienzo a pensar en mi nuevo amigo. ¿Qué le habrá contado Laura sobre mí?

La primera impresión de Daniel ha sido buena y me ha parecido además un hombre muy entretenido. He tenido suerte al escuchar la propuesta de mi amiga y aceptar la sugerencia de presentármelo.

Al colocar el móvil encima de la mesita de la entrada me doy cuenta que tengo un mensaje de mi coordinador Don Valentín: "Reunión urgente mañana a las 8,30. No faltes"

En estos momentos estamos pasando una época muy tranquila en el Centro de Investigación Astronómico y no me explico el porqué de una reunión urgente. Pienso "Me levantaré temprano y le dejaré al gato unas cuantas latas y agua por si tardo en llegar".

Antes de buscar en la nevera algo para la cena, llamo a mi amiga y compañera Laura. Ella lleva cinco años trabajando en el Centro de Investigación y está al corriente de todo lo que ocurre.

—Hola Laura ¿sabes algo de la reunión de mañana?

—No con certeza Estrella, pero creo que nos van a dar trabajo para hacer en casa y hay que trasladar todo el material informático.

—Pero ¿por qué?

—No me preguntes mucho, según Martínez, al que he llamado, es por algo del virus que anda por ahí y que ha llegado a esta zona.

—Buf!! ¡Qué panorama!...pensaba que el virus se quedaría en las grandes ciudades. Esta tierra siempre ha sido muy aséptica, los olivares absorben las malas energías, pero parece que no han podido con este microorganismo. Hasta mañana Laura.

— ¿Qué tal mi vecino?—me pregunta antes de colgar.

—Por ahora genial, me ha caído bien y me parece atractivo.

—Ok. Nos vemos— se despide Laura

Al día siguiente me levanto temprano y voy en mi coche al edificio del Centro de Investigación situado en un Parque Tecnológico cercano. No he querido coger el autobús, que a veces utilizo, por si regreso con el material de trabajo.

Como Laura me indicó, vuelvo cargada con mi ordenador y los ficheros tras una larga sesión informativa. Debo trabajar en casa pues van a confinar a la población en general, por el nuevo virus que se propaga tan rápidamente que ha provocado una pandemia y tan solo podremos salir para hacer compras o para asuntos de urgencia.

Al entrar en el porche donde he colocado al gato, éste se acerca a mí y se roza varias veces por mis piernas. Miro las latitas de atún y ya no queda comida. Así que decido ir antes de nada a la compra y traer alimentos para el animal y para mí, pues el gato parece va a ser mi compañero de confinamiento.

A mi vuelta de la compra suena el teléfono. Es alguien que no tengo en mis contactos, pienso no cogerlo y justo antes de soltarlo recuerdo que a Daniel no lo tengo registrado y rápidamente toco el símbolo verde.

— ¿Estrella?

—Sí, soy yo— le respondo apurada.

—He estado a punto de colgar, creí que había tomado mal tu número—me dice Daniel.

—He tardado en cogerlo pues acabo de entrar en casa. Según mi Jefe nos van a confinar unas semanas por el asunto del virus y he recogido mi ordenador en el trabajo y también he comprado comida—le respondo nerviosa.

—Si, por eso te llamaba. ¿Qué te parece si quedamos para cenar mañana, ya que el domingo no podremos salir por el confinamiento? Hasta pasado mañana no se hace efectivo el comienzo y he pensado en adelantar esa cena que me propusiste.

Guardo un momento silencio para pensar y Daniel me vuelve a preguntar:

— ¿Qué me dices Estrella?

—No soy una excelente cocinera pero acabo de comprar bastante comida, así que si quieres venir a mi casa, intentaré hacer algo rico— le respondo

—Por mi genial. ¿Voy mañana sobre las nueve de la noche?—me pregunta.

—Sí, estupendo, hasta entonces—le respondo con ilusión

.Me pongo a ordenar los alimentos en la nevera y a la vez a pensar qué le puedo hacer de cenar a este posible "amigo especial", para que no salga corriendo y no vuelva nunca más, ya que lo de cocinar no es una de mis habilidades. Me encanta la buena comida, en especial si me la hacen.

Veo que he comprado lubina fresca, entre otros pescados que he pedido al pescadero impulsivamente por el sentido de carencia que me ha aflorado con el confinamiento; así que mañana cenaremos lubina.

Intento no pensar en Alberto, mi ex, pero me sigue viniendo a la cabeza. Mi mente es independiente y va por libre. Si deseo olvidar no olvido y si pretendo recordar...fallo a veces. La lucha entre mi independencia y el deseo inconsciente de vivir en pareja se agitan al margen de mi voluntad, impidiéndome disfrutar el momento presente y fabricando un nudo pegajoso de emociones que me dificulta respirar hondo, en ocasiones.

Cuando me tiendo por fin en el sofá, me doy cuenta que en el salón tengo muchas fotos de mi ex novio, así que me levanto, las quito y dejo en la parte alta de un armario. Después me voy con el gato al porche. El animal y yo nos quedamos tumbados en una hamaca mirando el atardecer, sin música, sin un libro para leer, sin palabras y sin tiempo. En este momento de mi vida necesito el silencio como bálsamo especial para el alma.

Cuando comienza a refrescar me levanto asustando al gato que cambia de lugar .Riego un poco las plantas y me voy a la cama.

Comienzo la mañana buscando las noticias, intrigada por el desarrollo de esta pandemia mundial, me tomo el desayuno a la vez que escucho la televisión, después cuezo unas patatas y preparo las lubinas al horno, guardo la bandeja en la nevera para calentarla en el microondas a las nueve de la noche. No es lo más correcto esto de cocinar por adelantado, pero tengo trabajo y no me gusta guisar con prisas ni con ropa elegante. Por la tarde deseo darme un baño, arreglar mi pelo y vestirme con cuidada imperfección; de un modo más sexy de lo habitual.

Comienzo a mirar las últimas imágenes que debo investigar sobre los anillos de Saturno. Cada vez que las miro, me enamoro más de estas abrazaderas que se han formado en el planeta. Giran a una velocidad distinta que la de la atmósfera del astro. Los tonos turquesa de los anillos pertenecen a partículas de agua helada muy pura y son de extremada belleza, los rojizos nos indican la existencia de muchos contaminantes, aunque no lo parecen pues también son bonitos. Los anillos tienen más de 275.000 kilómetros de diámetro, más o menos tres cuartas partes de la distancia que hay desde el planeta donde vivimos a nuestra bucólica Luna.

Concentro mi atención en mirar las brechas existentes dentro de los anillos, que en estos momentos son el objeto de mi investigación. Después tomo notas y pasadas unas horas hago una pausa.

Mi amiga Miriam me manda un mensaje donde pregunta si puede confinarse en mi casa, pues juntas no nos encontraremos tan solas. No le contesto, después de la cena con Daniel veré lo que le digo. Pienso que por un lado puede estar bien pasar estas semanas con ella pero por otro veo que es demasiado tiempo juntas y tal vez me afecte en la concentración del estudio de Saturno.

Conocí a Miriam el año pasado. Era la esposa de un compañero informático del Centro Astronómico. Parecía divertida y me cayó bien. Al poco tiempo se separó de mi colega y me llamó para salir juntas pues sabía que yo era soltera. Solo quedé con ella un par de veces, pues su ritmo y el mío no tenían nada que ver. Yo salía todavía con

Alberto y no me apetecía callejear demasiado ni conocer a mucha gente, tengo fama de rara y debo serlo. A lo largo de estos últimos meses he comido en su casa un par de veces, pero no suelo quedar con ella con frecuencia. Estoy en duda si aceptar su proposición.

Me permito dormitar en la siesta antes de ponerme de nuevo en el ordenador. Debo trabajar 40 horas semanales y el propio sistema informático va anotando el tiempo de cada día, así que aunque me encuentro entusiasmada con la visita de Daniel, no quiero dejar atrás mi trabajo.

Son las siete, estiro mi cuerpo relajado por el descanso y ordeno mi mesa de tareas. Le hago una visita al gato y lo dejo un ratito en el jardín aunque ya le he comprado arena especial para que pueda hacer sus necesidades. Se la pongo en el porche. También he comprado un ratoncito de juguete que de momento el gato ni ha mirado. El animal se sube por la misma planta por donde bajó y yo lo dejo a ver qué hace. Al llegar arriba se queda mirando la calle sentado. Lo llamo para que baje y como no me hace caso, me voy al cuarto de baño a comenzar mi higiene, pienso que si se quiere ir, es libre y si quiere volver, tiene abierta la puerta del porche y puede entrar.

Sumerjo mi cuerpo en la bañera caliente y me lavo la cabeza mientras disfruto como hacía semanas no lo imaginaba, el recuerdo de Alberto ha comenzado, por fin, a evaporarse; casi se ha disuelto también el molesto nudo de la garganta y me siento más en el presente...Me embadurno con crema hidratante todo el cuerpo después del baño, intentando nutrir a todas las células y seco mi pelo con el secador dándome una forma bonita. Envuelta en la toalla me asomo al porche a ver al gato, quiero saber si ha vuelto o no. Está ahí en su cajita otra vez. Siento alegría por su vuelta y me acerco a acariciarlo.

—Gato bonito, gato bonito—le digo a este felino gris y blanco que me mira y que es bizco.

Me pongo un vestido que compré el otro día en una tienda de una gran superficie. Me costó solo treinta y cinco euros, pero su tela es suave y me sienta bien. Yo al menos me veo agraciada en el espejo.

Llaman al timbre. Justo las nueve. Daniel es puntual me digo.

Abro la puerta y veo que además es galante ya que trae unas bonitas flores y una botella envuelta en papel de regalo. Viene guapo pero informal, como yo.

—Son para ti—me dice Daniel

— ¡Que lindas!, no tenias que haberte molestado—le respondo con seriedad—Por cierto pasa, que voy a terminar de calentar nuestra cena. Siéntate en el salón y ahora vuelvo.

Coloco las lubinas en el microondas, lo programo para calentar y cojo dos copas para llevar al salón.

La botella que ha traído Daniel es un vino tinto gran reserva especial de una nueva bodega de esta tierra. Le comento que tiene pinta de ser un buen vino y que nunca antes lo había probado

—Me lo ha recomendado el aparejador de mi obra, es muy entendido y dice que no da resaca.

—Me encantan esos vinos—le digo con gracia— quieres una copa ya.

—Muy bien— me dice.

—¿Tu obra del hospital deja de funcionar en el confinamiento?—le pregunto mientras le doy el abridor de botella para que sea él quien le quite el corcho, pues no es lo mío abrir botellas.

—No, en principio, ninguna obra oficial se parará. He tenido suerte, pues no soy de los que aguanta mucho tiempo en casa. Mañana me darán un certificado para que pueda ir y venir.

—Voy a poner las flores en un jarrón— le digo.

El ramo está hecho con pequeñas flores multicolores que forman un conjunto muy elegante.

—Son preciosas Daniel y quedan muy bien—insisto.

Cenamos la lubina al horno con las patatas, además de aceitunas y salsa de sésamo que había comprado. El vino tiene un sabor excelente y anima bastante. La conversación comienza con halagos a Laura, nuestra mutua amiga, por su instinto para presentarnos, después hablo un poco de mi trabajo y él del suyo. Al finalizar la cena, nos sentamos en el sofá y comienzan las confesiones más intimistas.

— ¿Por qué no te has casado si eres una mujer muy atractiva?

—Será por eso— le digo un poco achispada.

— ¿Qué quieres decir?

—Que para qué conformarme con un hombre, si puedo tener los que quiera. —le digo en broma, pero al ver su cara un poco traspuesta remato la expresión—Es una broma.

Lo miro y continúo.

—Me he pasado mi juventud estudiando concienzudamente y no he disfrutado de mucho tiempo para ligar. He tenido un par de novios, el último se fue a trabajar a Emiratos Árabes y yo no quise acompañarlo pues mi trabajo me apasiona y nunca pienso dejarlo.

— ¡Me habías asustado un poco, con eso de que podías tener varios hombres!

—Nada, soy una mujer muy normal, de salir poco de noche, leer bastante, ver alguna serie o escuchar algo de música. ¿Y tú, qué tipo de hombre eres?—le pregunto en un tono un poco más serio, intentando no dar una imagen demasiado frívola.

—Pues, he ligado un poco más que tú, me he casado una vez, como ya sabes y me gusta escuchar flamenco. Voy a todos los conciertos que puedo. También me gusta el cine y salir de senderismo.

— ¡Que alegría que te guste andar!, a mi me encanta salir a correr y una vez al año suelo viajar con una empresa que organiza grupos para hacer senderos por diferentes países.

— ¿A qué países has ido a hacer senderos?

—He recorrido a pie la Selva Negra en Alemania. Los Alpes franceses. La isla portuguesa de Madeira, parte de Estonia, de Letonia y de Lituania.

— ¿Por España no?

—En España el norte de Galicia y Asturias. Además de la Sierra de Cazorla por supuesto—respondo.

—No está nada mal. Yo conozco casi todas las rutas españolas. Nunca he viajado a otros países en ese plan. He visitado muchas ciudades y sus monumentos y caminado mucho por ellas, pero nunca por las montañas o valles extranjeros. Parece un plan bonito.

—Lo es, para mí al menos lo es—le manifiesto

—Habrá que probar —responde Daniel.

—Tal vez podamos quedar algún día y hacer una ruta, ¡para empezar cercana!. Ahora no estoy muy en forma y después del confinamiento que nos espera, peor.

—Estaré encantado de acompañarte. En la provincia hay senderos muy bonitos, así como   lugares   poco conocidos y muy agradables de recorrer.

Después Daniel habla de sus viajes siguiendo obras de arquitectos a los que admira. Nos tomamos otra copa pero se nota que estamos cansados.

—Voy a irme —dice él—me he encontrado muy a gusto contigo y he cenado genial, pero mañana debo madrugar. Te llamaré por si necesitas algo ya que yo tendré más movilidad.

Lo acompaño a la puerta exterior y al pasar por el porche le enseño el gato que ha aparecido en mi casa.

—Será mi compañero de confinamiento— le digo.

—Ja ja, mira que eres tierna Estrella. Lo tienes como a un bebé en su cuna, con sus ropitas y todo.

—Pregunté en la vecindad y no era de nadie. ¿Qué otra cosa podía hacer?

—No sé, yo no opino nada —me dice Daniel mientras me agarra por la cintura y me da un beso en la mejilla.

—Adiós—me vuelve a decir al salir

—Hasta la vista—le señalo levantando mi mano mientras lo observo cruzar la calle en dirección a su vehículo.

Además de guapo, tiene un bonito cuerpo y parece simpático. Pienso.

♥

Miro mi móvil al volver a entrar y tengo dos mensajes de Miriam, mi rubia amiga:

— "Llámame urgente" dice el sms

La llamo y quiere saber si puede venirse conmigo en el confinamiento que empieza mañana. Le aclaro que si no quiere estar sola puede venirse pero que yo tengo que trabajar ocho horas diarias y que durante ese tiempo no podrá ni poner música ni charlar conmigo. Solo en los descansos estaremos juntas, le explico. Y también le indico:

—Se me olvidaba comentártelo, tengo un gato.

—Voy para allá, con mi ropa y la comida que tengo en la nevera. No soy alérgica a los gatos—responde Miriam.

Le preparo el cuarto de invitados a mi nueva compañera, pongo a mano sábanas limpias para que se haga su cama y le establezco un sitio en la nevera para las cosas que trae. Suele comer vegetales y complementos dietéticos, no recuerdo bien si come o no pescado, carne nada. Así que no me va a ser de mucha ayuda en la cocina.

Llega con una maleta y una nevera portátil. Le enseño su cuarto y le digo que me tomo con ella una infusión y me voy a la cama, que acabo de cenar con un amigo y estoy cansada.

— ¿Qué amigo Estrella?

—Uno nuevo que me presentó Laura, mi compañera de trabajo. No hace mucho que lo conozco.

— ¿Es guapo?

—Es atractivo, viste bien y tiene un cuerpo atlético, no excesivamente musculoso. Me gusta como es por ahora y no sé mucho más.

—Vale, mañana me cuentas más cosas que seguro sí sabes. Yo también estoy cansada. Me he pasado varias horas sin saber si me venía o no y eso cansa muchísimo.

—Hasta mañana, que duermas bien. Te he dejado las sábanas encima de la cama y toallas en el baño de invitados.

Me levanto temprano y pongo un café y unas tostadas. Quiero desayunar y empezar pronto a trabajar. Mientras la cafetera sube enciendo la televisión y miro las noticias. Tan solo hablan del virus "Que no saben cómo se trasmite, que no conocen exactamente los síntomas y tampoco saben si es útil ponerse mascarillas". Solo están al corriente de los hospitales, que según dicen no pueden atender a más pacientes y por eso han decretado un confinamiento y medidas de aislamiento social. Pueden abrir exclusivamente las empresas de primera necesidad como farmacias, tiendas de alimentación, transportes de mercancías y hospitales. Han puesto imágenes de diferentes ciudades, todas vacías, sin coches, sin motos y sin bicicletas, tampoco se ven muchos autobuses circulando.¡ Parecen ciudades fantasmas!.

Miriam entra en la cocina y dice buenos días mientras se sirve un café.

— ¿Te da miedo el virus?— me pregunta cuando me ve escuchar las noticias.

—De momento no. Apenas he tenido tiempo de pensar en él. Pero acaban de decir que es mucho más maligno para las personas mayores. Por ahora me siento joven. ¿Y tú, le tienes miedo?

—Le tengo más miedo a tener que cerrar mi negocio por ruina económica. Ten en cuenta que soy autónoma Estrella.

—Sí, es una faena para vosotros— le digo.

—Voy a dedicar este tiempo a diseñar modelos nuevos de centros de mesa y en cuanto pueda salir, iré a los almacenes a mirar materiales diferentes, más innovadores y coloristas que los que utilizaba hasta ahora.

Después se acerca y me dice bajito: "No quiero pasar este periodo sin hacer algo productivo".

—Ok. Yo te dejo. Me voy a poner a trabajar en la mesa de mi dormitorio, allí tendré más concentración, dentro de un par de horas me tomaré un descanso y si te apetece pensamos juntas qué comer hoy.

—Bien, yo voy a mirar la nevera y mi dieta. Hasta luego.

Justo cuando iba a salir de la cocina recibo un mensaje de Daniel.

—Hola Estrella. Te deseo que pases un buen día.

—Vaya—le digo a Miriam—mi nuevo amigo es galante, me manda un mensaje para desearme buenos días.

—Ten cuidado con los hombres muy galantes, se la saben todas y al final salen rana.

—Mujer, como eres— suspiro—si son antipáticos nos quejamos y si son amables no nos fiamos.

—Tú créeme, soy una experta en hombres— responde Miriam contundente.

—La verdad es que yo no estoy buscando un marido, más bien intento distraerme para superar cuanto antes un bajón anímico que se ha aposentado en mí desde que Alberto se fue a Emiratos Árabes.

— ¿Pero él te pidió que lo acompañaras?

—Si me lo pidió, pero yo tengo mi trabajo y un compromiso de investigación firmado, no puedo tirarlo todo por la borda. Él se iba por mejorar su empleo y conseguir un sueño absurdo, como tener un coche de lujo. Yo no deseo retener a nadie, pero tampoco desestructurar mi vida cambiando de país y de forma de vida. Allí tienen una cultura muy diferente a la nuestra.

—Te dejo trabajar, perdona por distraerte Estrella.

—No me has distraído Miriam. La verdad es que me alegro de que te hayas venido. Hay momentos que pienso que ya he superado el dolor de la separación pero no es así del todo. Un nudo en la garganta no me deja respirar en algunos instantes como creo que te he dicho ya. Pienso que nos podemos ayudar la una a la otra. Y ahora sí, me voy a mi cuarto a trabajar.

Para mí los anillos de Saturno son como un refugio mental, mirándolos puedo sentir una paz infinita. Será por eso que me gusta tanto mi trabajo.

Cualquier partícula de un disco de los que rodea a Saturno está sometida a dos fuerzas opuestas. La extraordinaria fuerza de la gravedad tira de la partícula hacia adentro; la fuerza centrífuga la empuja hacia afuera, esta última, depende de la velocidad de rotación, por eso el disco tiene que estar girando. ¡Deben constituir los anillos un espectáculo impresionante! si se pudieran observar más de cerca, se escucharía un ruido o una música, ¿quién sabe? Los aros están formados por numerosas masas de partículas que mantienen órbitas independientes y diferentes a la de la atmósfera del planeta. Las partes internas giran a mayor velocidad.. Empiezo con las notas y sigo trabajando un par de horas…

Hago un descanso y me llego al salón para mirar las nuevas noticias en el televisor y me encuentro a Miriam tumbada en el sofá escuchando música con los auriculares.

— ¿Ya has terminado los nuevos modelos de centros de mesa por hoy?—le pregunto al verla tan ociosa.

—No, no me encontraba inspirada. La verdad es que yo tampoco estoy pasando un buen momento. Me estoy hartando de mi misma y de ser tan buena. En el fondo todo lo que me ocurre en la vida se debe a un exceso de bondad—me cuenta.

—No entiendo bien a qué te refieres— le expreso con cara de extrañeza.

—Es largo de explicar—me señala.

—No hay prisas—le respondo.

—Pues nada de lo que empiezo termina bien. Mi última relación por ejemplo, después de separarme de Juanma, tu compañero de trabajo, ha terminado ya. Quizás por pensar antes en él que en mi misma. — dice Miriam

—Si quieres hablarme un poco del asunto te puedo dar mi opinión, aunque yo no entiendo de hombres tanto como tú—le comento

—Eso era una frase bromista Estrella, yo tengo un punto que me subo mucho y otro que me bajo más. Te lo decía más o menos con guasa— se disculpa así Miriam por la frase que dijo: "ella sabía mucho de hombres".

—Ya, me lo he imaginado. A veces yo también tengo cambios de humor. Especialmente cuando me tomo una copa de buen vino me pongo graciosilla y luego recuerdo mis frases y digo "vaya como me he pasado aquí", pero como nadie es perfecto vamos a olvidarlo — le respondo.

—Pues mira, resulta que había conocido por las redes sociales a un chico que se dedicaba a la venta de casas de madera. Unas casas ecológicas que vienen todas sus piezas para montar en una parcela. Eran pequeñas y asequibles. Yo no veía muy claro el negocio pero como el chico me gustaba y en tres ocasiones quedamos y me había enseñado una casita prototipo que tenía en un almacén, le presenté a un amigo que tiene un camping cerca de la sierra de Cazorla, por si le interesaba montar algunas casitas. Mi amigo se mostró muy interesado y al final resulta que lo ha estafado. Ni la casa que me enseñó era suya, ni el almacén, ni nada…Mi amigo anda de juicio con el tipo y claro, se ha enfadado conmigo. Y además de estar mal porque me ha utilizado el supuesto vendedor de casas, me siento fatal por mi amigo el del camping.

— ¡Qué cosas te pasan Miriam!, si que debes tener cuidado con las redes sociales. Y menos mal que no te pidió dinero—le digo.

—No me pidió dinero pero cada vez que salíamos pagaba yo pues a él le debían mucho los clientes; me decía. Y yo no le he dejado nada, pues acababa de montar mi tienda y estoy sin ahorros. En otras circunstancias seguro que me vende una casita aunque no supiera donde colocarla.

—Ja ja ja . Perdona. Me rio pues eres muy graciosa contando las cosas Miriam

—Eso sí, con él me he empachado de risas. No veas los chistes que se sabía y la parla que tenía. Era un artista de la comedia. Si se hubiera dedicado al humor sería rico.

—Pues tienes que agradecer que te dejara—le digo

—Sí, desde luego. Pero me ha dejado cao. Ahora no me fio de nadie.

—Es normal. Todo pasará—le respondo para tranquilizarla.

—Voy a ponerme con un diseño ahora mismo Estrella. Hablar contigo me ha energetizado— dice Miriam.

Se levanta y va a hacia su dormitorio donde debe tener su ordenador. Yo me voy a la cocina donde saboreo una rica mandarina y vuelvo a mi trabajo.

Pienso en Miriam antes de mirar a Saturno. Ciertamente tiene buen corazón, mi compañero de trabajo tampoco se portó muy bien, por eso opté por seguir relacionándome con ella en lugar de hacerlo con él. A veces me cruzo con Juanma, su ex, en algún pasillo, pero tan solo le hago un gesto de adiós, nunca un gesto de hola. Considero muy difícil estar en medio de dos personas que no se hablan, siempre suelen utilizar a quien se queda en esa zona para mandar mensajes hirientes que no ayudan en nada.

Cuando mis ojos me lloran por estar demasiado tiempo sentada ante la pantalla del ordenador, recibo un mensaje en el móvil, es Laura preguntándome que tal llevo el confinamiento. Le contesto que por ahora no me he sentido mal y que estoy acompañada de Miriam, la ex de Juanma.

— ¿Juanma el informático de la empresa?

—Sí, su ex se llama Miriam y yo la conozco pues salí con ellos antes de que se separaran. No es que tenga demasiada amistad pero me llamó que no quería confinarse sola y aquí estamos las dos en mi casa. Por ahora bien.

—No te imaginaba con ella, espero que sea más simpática que Juanma.

—Simpatía no le falta, es entretenida y graciosa, pero ya hemos hablado las dos sobre las horas de trabajo. Ella también va a hacer diseños para su tienda. Vende unos centros de mesa muy originales, los diseña y hace ella misma. Se ha especializado en ellos. La tienda no le iba mal, ahora con esto del virus teme que si dura mucho el confinamiento tenga que cerrarla.

—Pues yo, apenas he podido concentrarme con los niños en casa. No sé cómo lo voy a hacer. Tal vez tenga que pedirme ahora las vacaciones. Es un lío tremendo. Por cierto ¿mi vecino te ha vuelto a llamar?

—Me mandó temprano un mensaje para desearme buen día.

— ¿Solo eso?—pregunta Laura un poco decepcionada.

—Mejor así, no hay prisa por salir, dadas las circunstancias.

—Lo llamé para ver qué tal le habías caído y me dijo que muy bien, que le parecías una mujer muy especial.

—Espero no decepcionarlo—le respondo a Laura apurada.

—Yo también espero que él no te decepcione a ti. Ya sabes que en cuanto lo conocí pensé que formabais los dos la pareja ideal.

—Laura eres una romántica, no me extraña que tu trabajo preferido sea mirar estrellas.

—Por lo menos es más divertido que mirar planetas gaseosos.

—No te metas con Saturno que ya sabes lo que significa para mí.

—Te dejo que los niños me reclaman. No quiero encontrarme todo patas arriba. Adiós amiga

♥

Aunque hoy no ha sido un día muy productivo decido cerrar mi ordenador y dejar el trabajo.

Para fomentar una "amistad" en igualdad voy a mandarle a Daniel un mensaje, si espero que él me vuelva a mandar uno sin yo hacerlo, él tendrá el poder de continuar la relación y yo adoptaría un papel de sumisa que no me gusta. Como esta idea ronda en mi cabeza no voy a perder el tiempo.

—"Buenas noches Daniel ¿Cómo te ha ido este día extraño en el trabajo?"—lo escribo y le doy a la señal verde.

—"Hola Estrella. Me encanta que me escribas, así finalizo el día más feliz. En el trabajo he estado muy liado explicándoles a todos las nuevas medidas que tenemos que adoptar por el tema del virus, pero no ha ido mal. Por cierto mañana necesito comprar, si quieres algo puedo llevártelo".

—"Te lo agradezco, pero ayer mismo compré muchas cosas para no tener que salir. Tal vez otro día. Estoy haciendo el confinamiento con una amiga, así que no me siento muy sola. Buenas noches".

—"Lo mismo te deseo".

—Adiós, adiós…

Después de un sueño reparador, un buen desayuno y de realizar los respectivos trabajos Miriam y yo, nos hemos reunido en la cocina para preparar el almuerzo. Yo le comento que voy a hacerme una paellita para que también coma el gato y ella responde que va a dejar su régimen pues tiene mucha ansiedad y que se apunta a la paella.

—Bien, la hacemos entre las dos. ¿Quieres pelar ajos y picar el tomate?—le comento a quien acaba de dejar su régimen.

—Si claro y el pimientito también lo pico—dice.

Voy a por el gato y lo traigo a la cocina para que no pase tanto tiempo solo en el porche. El felino pasea entre las piernas de Miriam y luego entre las mías. Lo acaricio y se pone a mirarnos desde lo alto de una silla a la que se ha subido.

—Es simpático el gato—comenta Miriam.

Mientras ella pica minuciosamente los tomates, saco unos taquitos de pescado y mejillones del congelador, además de un puñado de gambas peladas. Nada de esto engorda mucho, le señalo a Miriam y de paso le pregunto que por qué siempre está a régimen cuando no está nada gruesa.

—Precisamente, no estoy gorda pues hago régimen. Tengo las caderas muy anchas y nada más como un poco de alimentos grasos, se me pone un culo enorme—me explica a la vez que se da la vuelta y me lo muestra.

—Me parece un culo bastante bonito— le digo

—A mi me gustaría tener el tuyo y tus piernas largas.

—Pues fíjate, yo hubiese deseado tener un poco más de culo, pero tampoco estoy traumatizada con mi físico. Francamente estoy más obsesionada con otros aspectos de la existencia. Nunca me he parado mucho en cuidar mi cuerpo. No he ido nunca al gimnasio, ni me he puesto nunca a régimen. Eso sí, ando muchísimo y disfruto haciendo senderos lo mismo que leyendo.

—Eso es porque no eres propensa a engordar—me dice ella y luego se pone seria y me mira.

—Se puede saber ¿cuáles son las preocupaciones de tu existencia?— pregunta Miriam intrigada

—Pienso que nuestra especie no es consciente de los peligros que corremos y vivimos como si fuéramos los dueños del tiempo. Hay muchos asteroides que pueden chocar con la Tierra e irnos al garete. Hay también movimientos internos del planeta que pueden variar el rumbo de nuestra supervivencia. Y la degradación que nuestra especie está haciendo en los bosques y en los mares me asusta.

—Si Estrella, tu mente tiene unos tormentos más grandiosos que la mía.

Me rio, pues veo que tanto la preocupación por el culo como por los asteroides es una manera de no sentir la vida en cada instante.

—Tienes razón—le digo mirándola a los ojos a la vez que me fijo por primera vez en su color, que es de un gris extraño— Tienes ojos de gato— le digo.

—Pero bonitos—señala Miriam.

Hacemos el sofrito y después le echamos los ingredientes semicongelados junto al agua. Mientras hierven suena el teléfono de Miriam.

—Es mi madre —me dice mientras se va a su habitación.

No tengo hermanos y mis padres murieron hace cinco años en un accidente de coche; así que se puede decir que no tengo familia cercana, y cuando alguien habla con su linaje entro en una especie de vacio interno doloroso, pero ya me he acostumbrado.

Al volver Miriam me cuenta que su madre está sola y le ha preguntado si se quiere ir con ella a pasar estos días de confinamiento. Le ha respondido que no, que después terminan peleadas. Si tuviera que elegir entre estar sola o con ella, elegiría estar sola. Somos tan parecidas que estaríamos todo el tiempo chocando, me comenta. También le he dicho que estoy contigo y se ha quedado más tranquila.

— ¿Qué edad tiene tu madre?—le pregunto

—Tiene sesenta años, pero está genial. Me tuvo con veinticinco. Yo cumplí treinta y cinco la semana pasada. Mi padre tiene setenta pero lo veo muy poco y no sé cómo estará .Vive en Holanda con su segunda esposa y sus hijos.

— ¿Entonces tienes hermanos holandeses?

—Cuatro hermanos varones a los que tan solo he visto dos veces. La última hace ya unos añitos.

—¿Tienes ganas de volver a verlos ?— le pregunto

—No sé si tendré algún día oportunidad. No es que los eche de menos, pues los he visto muy poco, pero me gustaría conocerlos mejor alguna vez.

Juego con el gatito en la cocina, en veinte minutos apago el caldo de paella y me voy a trabajar otro rato. Miriam va a hacer un gazpacho. Que se le ha antojado, me ha señalado.

Me pongo a mirar en las imágenes, que me han expedido mis compañeros, captadas con la nueva sonda, los anillos del sexto planeta de nuestro sistema solar. Hoy han remitido junto a las nuevas imágenes de los anillos, otra preciosa de uno de sus satélites llamado Titán.

Titán es una de las más de sesenta lunas que tiene mi planeta gaseoso y me paso un rato admirándolo .Durante el nacimiento de nuestro sistema solar, hace unos 4.600 millones de años, otro satélite de Saturno se incrustó en el planeta y formó los anillos tras la colisión. El astro incrustado tenía un gran núcleo rocoso y tras el choque, enormes fragmentos salieron despedidos. Con el paso del tiempo se fueron formando los aros y hoy tras muchos choques de los pedazos, están formados por partículas pequeñas.

Observo con detenimiento todas las imágenes, las voy cuadriculando y registrando minuciosamente. Anoto las sutiles diferencias de color o cualquier otra anomalía y el mundo exterior se va parando debido a mi alta concentración en la tarea.

Recibo un mensaje de Daniel diciéndome que si quiero ir al supermercado que está junto a mi casa, podremos vernos, aunque sea de lejos por el tema del distanciamiento social. El irá esta tarde a las seis. A las seis y cuarto pasará, si yo decido ir, por la zona de los congelados. Me hace gracia el mensaje y le respondo otro:

"Está bien, compraré congelados. Nos vemos a las seis y cuarto"

Mientras saboreo la paella junto a Miriam me siento como una colegiala jugando al escondite con un niño que me gusta. No le voy a decir a mi compañera nada del tema de ir a ver a Daniel, ya que voy a seguir las normas y no me acercaré a nadie más de los dos metros recomendados y además llevaré mascarilla y guantes.

—El gazpacho te ha salido francamente bueno Miriam—le comento

—Sí, le tengo cogido el tranquillo y siempre me sale bien. Lo hago mucho pues es muy nutritivo, como no le echo pan no debería engordar.

—Esta tarde, a las seis, saldré un rato a recoger un medicamento en la farmacia—le digo una mentira para no explicar lo de Daniel.

— ¿Te pasa algo?

—No, son unas gotas para los ojos que me molestan por pasar mucho tiempo mirando el ordenador y las había encargado. Hoy me han mandado un mensaje que ya han llegado. Me pondré una mascarilla de las que nos han dado en el trabajo, aunque no sea obligatorio—le digo para que esté tranquila que no le contagio ningún virus.

—Cuando vuelvas de la farmacia te enseñaré en mi ordenador los nuevos diseños de centros de mesa que he hecho .Así me das tu sincera opinión.

—Vale, te aviso en cuanto llegue.

Recogemos la mesa y nos vamos a descansar un rato al salón. Le indico a Miriam que si desea poner la televisión a mi no me importa. Así que vemos una película de OVNIS.

Miriam me pregunta si creo en los extraterrestres y le digo que creo que hay vida fuera de nuestro planeta. En una luna de Júpiter, la Nasa ha encontrado agua y seguro existirá algún tipo de vida. Y lejos de nuestro sistema solar existe un espacio infinito que sería muy raro no estuviese habitado por otros seres vivos inteligentes. Hay tantas galaxias, estrellas, planetas y lunas que es pretencioso pensar que somos los únicos seres vivos con "inteligencia y conciencia de ser" de todo el Universo. Así que no me extraña que pronto veamos algunos extraterrestres entre nosotros.

— ¿Crees que ya han venido a la Tierra?

—Probablemente, pero no lo puedo afirmar. Otro día charlamos del tema, son las cinco y media. Voy a vestirme rápido que me voy a la farmacia—le digo a mi compañera de confinamiento.

Me pongo unos pantalones ajustados y una camiseta coloreada con dibujos abstractos que me sienta muy bien, después me arreglo el pelo con un moño alto que deja ver mi bonito cuello. Cojo el bolso con las llaves, el móvil y el monedero .Miriam se queda mirándome cuando salgo tan preparada…

—Hasta ahora Miriam—le digo moviendo la mascarilla en la mano.

Encuentro a Daniel, con sus guantes y su mascarilla puesta, sujetando un carro al lado de los congelados. Yo llego con otro carro.

—Hola— le digo

— ¿Qué tal está Saturno?—me pregunta con alegría en su mirada.

—Sigue majestuoso—le contesto.

—Tenía muchas ganas de verte, no entiendo el por qué—me dice Daniel con una voz burlona.

—Será porque soy una mujer inteligente, atractiva y amante de los gatos.

— ¿Cómo está el gatito?—se cuerda ahora Daniel del gato.

—Genial, juega y come bien.

— ¿Y tu compañera de confinamiento?

—Por ahora me alegro mucho de que se haya venido a casa, estoy más entretenida. ¿Y tú qué tal?

—Pues duermo mal porque pienso mucho en ti.

—Tengo que decirte que te puedes decepcionar. No soy muy divertida ni muy sociable y tengo un genio descomunal cuando necesito poner límites.

—Ya me lo había dicho Laura. Pero eres muy auténtica, independiente y me gusta tu olor

— ¿A qué huelo?

—A estrellas

—He de admitir que me gustan los hombres románticos, pero no te precipites Daniel, si vas con prisa empiezo a desconfiar.

—Aunque te parezca cursi, tienes un olor especial a lejanía y misterio. Y entiendo que te pusieran por nombre Estrella.

Comienzo a mover mi carro hacia la sección de comidas de animales, pues me siento un poco rara cuando me dicen piropos y culpable cuando me salto las normas.

— ¿Te vas ya?—me pregunta Daniel

—Pues sí, prefiero cumplir las normas, me siento mal por estar aquí de coqueteo.

—Disculpa si me he pasado, pero como no sé cuando te volveré a ver quiero dejarte claro que deseo seguir conociéndote.

—Muy bien. Yo también. Pero no me gusta saltarme las normas. Me encuentro nerviosa en esta situación. Discúlpame tú a mí también—le digo a un sorprendido Daniel.

Llego a casa con las bolsas de comida de gato y con una caja de lágrimas artificiales que vendían en el supermercado, por si Miriam me dice que también tiene rojos los ojos.

—Hola—digo al llegar y me dirijo directamente a la cocina.

— ¡Qué bien que hayas vuelto porque el gato ha estado maullando!—me explica Miriam.

Abro la puerta del porche y el gato sale al jardín y se sube a la valla. Le digo a mi compañera que si vuelve a maullar que le deje abierta la puerta del porche que pienso que se aburre y le gusta mirar la calle. Ella me advierte que tal vez se vaya para siempre y le aclaro que será su sino, que no quiero forzar a ningún ser vivo a que siempre esté a mi lado.

— ¿Sabes que mi separación de Juanma está relacionada con los gatos?

— ¡Con los gatos!—respondo sorprendida

—Si, tal como te digo.

—Eso tienes que contármelo detenidamente cuando me ponga cómoda y me suelte el moño. Ahora vuelvo—le expreso intrigada.

Al volver me cuenta que Juanma y ella alquilaron diez días una casita en el Cantábrico para pasar unas vacaciones. Era un lugar precioso entre montañas. Un día empezó a maullar un gatito en el jardín y ella le dio de comer un poco de jamón york que tenía en la nevera. Al volver de un paseo con Juanma se encontró al gatito en la puerta y le volvió a poner comida y agua. Y cuando Juanma salió había varios gatos comiendo la comida y comenzó a protestar.

Antes de dormir hizo un arroz cocido, lo mezcló con atún y volvió a ponerles comida a los gatitos. ¡Ya había cinco! Por la noche entraron en la casa por la ventana y se durmieron en el sofá.

A partir de entonces tenían que cerrar las ventanas para que los gatos no entraran en la casa, pasando calor, pues aunque corría el viento en los alrededores, al tener todo cerrado sudaban mucho.

—Todo ello hizo que empezáramos a discutir y terminamos marchándonos de aquella casa, antes de lo acordado, volviendo al sur sin hablarnos en todo el viaje. Así la cosa se fue deteriorando y nos separamos definitivamente—finaliza Miriam.

—Sí que es una historia extraña. Rural y realista pero extraña...

— ¿Siempre que sales te arreglas tanto?—me comenta Miriam cambiando de tema.

—No, hoy era algo especial, mañana te cuento la razón. Ahora voy a trabajar un rato. Pero si quieres puedo ver antes tus diseños nuevos.

—Solo son dos—me dice

—Genial, enséñamelos.

Los miro y son preciosos. Me asombra la capacidad creativa de Miriam y se lo digo.

— ¿No me estás mintiendo?—me pregunta con humildad

—Para nada Miriam, creo que te compraré el segundo como recuerdo de este confinamiento. ¡Me encanta!

—Te lo regalaré cuando lo fabrique. Que descanses. —se despide mi compañera a la vez que anota debajo del segundo diseño "Regalo para Estrella por el confinamiento".

En el desayuno, Miriam se muestra muy intrigada por la razón de mi salida de ayer tan acicalada. Le confieso que sabía que Daniel iba a ir al supermercado de aquí cerca y que fui a comprar comida de gatos y las gotas de los ojos por si acaso lo veía.

— ¿Y lo viste?—me pregunta mi amiga intrigada debido a qué volví bastante rápido de la salida.

—Sí. Nos saludamos y poco más ya que llevábamos puesta la mascarilla, unos guantes que te dan allí, no podíamos acercarnos, etc. Pero deseaba saber qué sentía cuando estaba cerca de él.

— ¿Y qué sentiste, si se puede saber?

—Pues menos atracción que la que sentí el día anterior que lo vi. Me dio que pensar una actitud excesivamente melosa por su parte.

— ¿Pero si apenas hablasteis?

—Aun así.

—Pues a mí me encantan que me traten dulcemente— dice Miriam.

—Acuérdate de lo gracioso que era el de las casas de madera y te salió rana—le recuerdo.

—Pues sí, me dice. Hay que ir despacio con los hombres. Son imprevisibles—responde pensativa.

♥

Después de unas semanas de confinamiento estricto, permiten salir a pasear individualmente en franjas horarias. ¡Ya echaba de menos los paseos!, así que siguiendo mi horario de 8 a 9 de la mañana me pongo mis botines y salgo a dar una caminata por el parque principal. Miriam dijo que ella también pensaba andar pero no se ha levantado.

Voy a un ritmo rápido, sintiendo el frescor de la mañana en mi cara y en mis piernas debajo del pantalón corto. Muevo los brazos en círculos y procuro estirar el cuerpo que se concebía aprisionado en el espacio limitado de la casa. El verde de las hojas me parece un milagro de la naturaleza después de estos días sin mirar los árboles de la avenida y el ruido de los pájaros entre sus ramas lo escucho como una música que me llega al alma. Me siento bien, libre, como hacía tiempo no me sentía. Vuelvo a casa renovada, ni siquiera he recordado a Alberto. Tampoco he querido salir con Daniel.

—Estoy en casa Miriam—grito al llegar.

— ¿Has ido sola a dar el paseo?—me pregunta intrigada mi compañera de confinamiento, acercándose a la puerta.

—Sí. Me llamó Daniel para correr juntos y le dije que no. No solo por cumplir las normas, sino porque hoy deseaba estar sola, necesitaba mirar la luz del cielo y sentir la libertad en mi cuerpo.

— ¿Y qué te dijo cuando le dijiste que no?

—Me respondió que lo entendía.

—Parece comprensivo—me expresa Miriam— yo que tú le daba una oportunidad.

—Se la estoy dando. Lo he invitado a cenar en mi casa, le escribo de vez en cuando un mensaje y lo he visto en el supermercado. Pero no me apetecía hoy estar con nadie, por eso tampoco te he llamado a ti. Aunque fuésemos a ir cada una a nuestro ritmo. Hoy necesitaba tomar conciencia de mi cuerpo en libertad, de los vegetales, del viento…No sé, seré rara pero he disfrutado mucho de mi paseo.

Ella me mira con cara de no saber qué pensar.

—Mañana llámame, te prometo que tomaré otro rumbo, pero necesito andar y salir de aquí yaaa..,—grita mi compañera.

—Si quieres salir ahora lleva el gato al veterinario. Está permitido y me haces un favor.

—No te lo tomes a mal Estrella, pero prefiero que lo lleves tú. Voy a salir pero iré al supermercado, así compraré algunas cosas que necesito.

—Sin problemas, lo llevaré yo—le digo pensando que tal vez he sido incorrecta.

Mientras Miriam sale llamo a Daniel y me disculpo por haberle dicho esta mañana que no quería verlo. "Hay días que son especiales para nosotras las mujeres, necesitamos estar solas y nuestro humor no es el mejor"— le comento

— ¿Es por las hormonas? —me pregunta él

Yo le respondo que sí, que se debe a las hormonas seguramente. Aunque no sé qué es lo que me ha pasado con él exactamente, algo parecido a una pérdida de interés, que puede ser por las hormonas, me digo.

Después me pongo en contacto con el Centro Veterinario y me dan cita para dentro de una hora, por lo que busco una bolsa vieja de deportes y le corto un agujero. Hago una prueba a ver si el gato se encuentra cómodo y como parece que sí, me doy una ducha y salgo con mi singular equipaje.

Mientras voy andando el gato maúlla un poco pero llego a tiempo al veterinario. Allí me explican que ni tiene dispositivo identificativo, ni vacunas y que si me voy a hacer cargo de él lo debería registrar y vacunar. Les comento que tengo que pensarlo pues trabajo mucho y no sé si podré atenderlo adecuadamente.

Vuelvo a casa un poco preocupada y sin saber qué hacer, es una gran responsabilidad, especialmente cuando me voy de vacaciones.

Como no me puedo concentrar en mi trabajo, medito un rato y después me siento a escuchar música, decidida a tomar una decisión al finalizar mi momento de serenidad. Entonces pienso que la vida me ha traído a un ser vivo a mi lado y que no puedo rechazarlo. Lo adoptaré si sigue aquí al finalizar el confinamiento.

—Decisión respecto al gato tomada. Me voy a mirar a Saturno—me digo a la vez que me concentro en el maravilloso planeta gaseoso de los anillos hasta descubrir una peculiaridad más.

Por fin se ha acabado este periodo de encierro que ha durado bastantes semanas. Seguiremos con distancia social y limitaciones de aforo en bares, restaurantes, cines, etc. Al menos podemos salir cuando queramos y ver a quien deseemos, aunque sea en pequeño grupo.

Miriam se ha ido a su casa, pero hemos quedado en vernos a menudo, le he tomado cariño a la rubia   diseñadora de centros de mesas.

He acumulado muchas horas de trabajo y como no volvemos a nuestra sede hasta la semana próxima me he tomado el día libre. He decidido ir a visitar a Laura y de paso llamar a casa de su vecino de enfrente para saludarlo. Hace días que ni me escribe, ni sé nada de él y si no fuera por el confinamiento hubiese pensado que ha conocido a otra mujer, pero dadas las circunstancias creo que no. Es posible que yo le resulte lenta en el proceder de la relación.

Me voy dando un paseo en dirección a casa de Laura. La ciudad me parece diferente después de estos días de parón: más limpia, más tranquila, con más pájaros volando y menos coches circulando. Veo un kiosco abierto y compro varias chocolatinas por si están los niños de mi amiga en casa. Subo en el ascensor al piso de Laura. Tiene un gran espejo y me arreglo el pelo. Antes de llamar a su puerta escucho las voces de sus hijos. Aún no tienen colegio, Laura estará desesperada.

— ¡Pero qué alegría más grande Estrella!

Los niños se abrazan a mí y me preguntan si les llevo alguna chuchería como suelo hacer siempre. Y yo saco las chocolatinas y se las doy, pero les recalco que son para después de comer. No me hacen caso y se ponen a comérselas.

—Déjalos, son imposibles. A ver si se están un rato callados—indica mi amiga.

Laura me cuenta que ha tenido que coger parte de las vacaciones anuales ahora, pues su marido y padre de los niños, está de viaje de negocios en México y con el lío de aviones que hay, no ha vuelto.

—Ya le han anulado dos veces el vuelo— me dice desesperada.

Me pregunta rápidamente por Daniel. Ella lo creía conmigo, en mi casa, pues hace varios días que no siente ningún ruido en el piso ni se lo ha encontrado por el ascensor.

—Pues yo te iba a preguntar por él. Hace unos cuantos días que tampoco me manda mensajes, ni me llama, ni lo he vuelto a ver.

— ¡Qué raro! .Vamos a llamar a su puerta.

Nos llegamos las dos al piso de enfrente y tocamos el timbre. Nada de nada, no responde nadie.

— ¿Le habrá pasado algo?—pregunto

—No creo. Más bien lo habrán llamado de su empresa y estará en Madrid. Él es el arquitecto de la compañía constructora del hospital, no es el diseñador del edificio. Trabaja y le paga la empresa y debe rendirle cuentas a ella. Y me dijo una vez que tenía que ir a Madrid con frecuencia.

—Le mandaré un mensaje cuando llegue a casa.

—Sí, y cuando te conteste me llamas y me informas de lo que le ha pasado—me insiste Laura

Tomo una cerveza que me ofrece mi amiga mientras los niños miran un programa de televisión que los entretiene mucho y hablamos del virus. Ella se encuentra bastante preocupada con la nueva perspectiva. No sabe si volverán mañana al colegio o si las clases serán on line. Por otro lado le da miedo salir con los niños al parque y que puedan contagiarse. Me dice: "Estrella no tengas niños". Esto es muy difícil. Es bonito pero muy dificultoso.

Como los niños reclaman otra vez la atención constante de mi amiga, decido marcharme.

—Nos vemos pronto. Cuídate lo que puedas—me despido.

Antes de irme para casa, pienso en que tal vez me llegue a la obra del hospital nuevo. A lo mejor encuentro allí a Daniel y le doy una sorpresa. Miro la dirección en Google y como veo que está lejos cojo un taxi.

La edificación hospitalaria se encuentra en una fase inicial, solo hay cimientos y tal vez aparcamientos subterráneos. En la superficie tan solo se ven los inicios de una gran estructura de hierro y hormigón. Me acerco a un operario y pregunto por Daniel, me expresa que no lo conoce. Entro en la obra y encuentro más operarios, vuelvo a preguntar a varias personas y me señalan que hace varios días que no lo ven por allí, pero que hable con el jefe de obra.

Nadie sabe dónde está el jefe de obra por lo que me vuelvo a mi casa en otro taxi, más intrigada que salí de ella.

Llamo a Laura desde el taxi y no da crédito.

— ¡Qué cosa más extraña! — responde.

Me digo también a mí misma que todo parece muy misterioso. Empiezo a preocuparme de verdad, por mi mente pasa la idea que se encuentre en algún hospital con el virus.

—Como trabaja tanta gente en la construcción del edificio, es posible que él solo tenga relación con los aparejadores o el jefe de obra y tú solo has hablado con algunos operarios que puede sean subcontratados. Cada obra es un mundo. De todas formas mañana ya van los niños al colegio, me han mandado hoy un sms, y si no recibes contestación a tu mensaje, podemos volver a ir las dos y nos informamos del nombre de su empresa y demás—me explica Laura,

Le envío el mensaje a Daniel en cuanto entro en casa:

"Hola Daniel, hace días que no sé nada de ti. Espero que te encuentres bien. Hoy me he tomado el día libre y quería darte una sorpresa y he pasado por la obra del hospital, pero no te encontrabas allí. Si lees el mensaje contéstame, aunque solo me digas que estás bien".

♥

Echo de menos a Miriam, ya me había acostumbrado a nuestras charlas en la cocina. No me apetece guisar, así que le pongo de comer al gato y me voy al restaurante de Violeta.

Hoy, la dueña se encuentra en el restaurante que lleva su nombre, viene algunos días de la semana, pues ya tiene sesenta y tres años y se encuentra en tránsito para jubilarse. Los días que aparece, suele hacer unas croquetas de carabineros exquisitas. Como me conoce me saluda al llegar y me las recomienda. Las pido junto a una ensalada variada y una copita de mi vino preferido.

Mientras saboreo la rica comida recuerdo a Alberto y me pregunto cómo se estará adaptando al mundo árabe, su inglés tampoco era muy bueno así que debe estar pasándolo regular. Yo quise permanecer como amigos pero él prefirió anular nuestras comunicaciones, así sufriríamos menos, dijo.

También pienso en Daniel y me pregunto dónde se encontrará y porqué habrá decidido dejar de ser amable y galante conmigo. Tal vez he sido un poco cortante con él. Pienso que incluso el haber quedado en la sección de congelados el día que nos vimos en el supermercado, ha podido influir para que nuestra relación se congele. Es un poco extraña mi deducción pero a veces mi cerebro hace asociaciones simbólicas. Lo cierto es que las pocas veces que nos hemos visto después de ese momento, ya no había magia en el encuentro, ni demasiada ilusión. Pero es un hombre muy amable y formal y desearía saber que se encuentra bien.

Aunque me había tomado el día libre, al volver a casa veo que el gato está entretenido mirando la calle desde su lugar preferido en la valla del jardín y me pongo a trabajar. Saturno me relaja.

El segundo planeta en tamaño del sistema solar, después de Júpiter me da mucha información del Universo y de sus componentes. Está formado por Hidrógeno, Helio, Metano, Vapor de Agua, Amoníaco, Etano y Fosfina. Más del noventa por ciento es Hidrógeno. Todos los planetas se parecen y poseen casi los mismos elementos en distinta cantidad.

El volumen de Saturno es suficiente como para contener más de setecientas veces a la Tierra, pero su masa es solo noventa y cinco la terrestre.

Vuelvo a mirar los fascinantes anillos que giran a 48.000 Km/h y sigo estudiándolos con detenimiento…

Antes de desayunar mi rico café con tostadas, ya ha llegado Laura. Acaba de dejar, por fin, a los niños en el colegio y sin volver a casa me propone que vayamos a la obra del nuevo hospital donde trabaja

Daniel para ver si damos con él. Me tomo el café rápido, me visto lo mejor que puedo debido a las prisas y me acomodo en su coche. Mientras conduce me explica que si no está Daniel en la construcción, debemos enterarnos del nombre de la empresa para la cual trabaja y llamarlo allí. Yo me siento un poco confusa, no sé si esto es meterse en la intimidad de alguien pero estoy preocupada por él.

—Buenos días, queremos ver a Daniel Vila, el arquitecto de la empresa—pregunta Laura diligente al llegar a la enorme explanada donde construyen el nuevo hospital.

—Preguntad al jefe de obra. Está allí, el del bigote y casco blanco—nos responde el operario sin soltar los hierros que transporta.

—Buenos días. Nos gustaría hablar con Daniel Vila el arquitecto de la empresa. —repite Laura

— ¿Es de su familia ?—le pregunta el jefe de obra a Laura

—No, soy su vecina de piso y amiga. Ella es otra buena amiga—le indica señalándome—Estamos preocupadas por él pues no aparece por su vivienda y normalmente nos saludamos a diario. Tenemos bastante amistad.

— ¿No saben lo del accidente?

—Ni idea. ¿Qué accidente?

—Ha tenido un accidente de coche y está en la UCI del Hospital General.

— ¡Dios mío! ¿Cómo ha sido?—pregunto yo

—No sabemos los detalles. Perdonen pero es peligroso que estén aquí sin casco y además tengo mucho trabajo—dice el jefe de obra separándose de nosotras.

—Muchas gracias—le gritamos y nos vamos.

Le insisto a Laura para que me deje a mí en el hospital y que ella se vuelva a su casa. No es prudente, por el tema del virus, que se exponga a un contagio teniendo hijos pequeños. Ya sabemos que donde más bacterias patógenas y virus de todo tipo hay es en la sala de espera de los hospitales. Se lo recuerdo cuando ella me dice que no sabe qué hacer.

Con un poco de ansiedad, no solo por el virus, sino por las circunstancias y porque yo no soy familiar de Daniel pregunto por él en el mostrador de información. Me comentan que no pueden dar datos, por lo que cojo un ascensor y subo a la planta primera, allí veo pasar a una auxiliar de enfermería que camina con un carro para la higiene de los enfermos, le pregunto por la UCI de traumatología, donde supongo estará mi nuevo amigo ingresado tras el accidente. Me explica que está en la planta de arriba pero en el otro extremo del hospital, así que recorro un largo pasillo antes de subir unas escaleras y llego por fin a la sala de espera de la UCI.

Tras mucho protocolo consigo hablar con un hermano de Daniel al que han avisado tras el accidente y que se encuentra junto a él. Me relata lo poco que sabe pues su hermano se encuentra sedado y semiinconsciente. Parece ser que volvía a casa desde el trabajo y se le cruzó una moto y dio un giro con el volante empotrándose contra una farola. Tiene un traumatismo craneoencefálico y varios huesos rotos. Están esperando saber, antes de pasarlo a planta, si no hay derrame interno ni otras afectaciones por el golpe en la cabeza. Saco una libretita de mi bolso y le dejo mi teléfono al hermano de Daniel en una hoja que arranco y él me pide otra hoja y me apunta el suyo.

—Por cierto me llamo Cristóbal— me dice— con esta complicación ni me he presentado.

Me despido y le digo que lo llamaré mañana si él no me explica algo antes. Y que si necesita cualquier cosa que me avise. Después salgo del hospital y llamo a Laura a quien le expongo todos los pormenores. Me voy a casa a darme una ducha y lavar la ropa con la que he estado en el hospital.

Recapacito sobre lo frágiles que podemos ser los seres vivos y cómo nos complicamos la vida creyendo que nuestra existencia será eterna. Este hombre casi desconocido para mí, que me dice que huelo a misterio y se encuentra en la flor de su vida, por poco muere por no atropellar a un motorista. La vida es difícil de comprender, la mente nos enreda con fantasías y delirios hasta que nuestra esencia se aleja de todo lo que es realmente existir.

Pensando en delirios, Miriam me cuenta por teléfono que cree que ha visto varios ovnis, dice que solo me lo dice a mí por las conversaciones que hemos tenido en el confinamiento. Nadie la creería pero seguro que yo sí, por eso me lo dice. Yo le contesto que me cuente lo que ha visto exactamente pues en el cielo hay luces que pueden confundirnos.

—En mi salón había esferas brillantes flotando—me expresa compungida.

— ¿Qué hora era?—le pregunto a mi amiga

—Eran las seis de la tarde y estaba tranquilamente escuchando música.

—Bien, te creo—le digo para tranquilizarla—no sé si eso es o no un ovni, voy a investigar un poco y ya te llamo.

No sé qué pensar, tal vez ha comido algo que le ha sentado mal o puede que haya visto un reflejo del sol por la ventana. Hay una remota posibilidad que sea algo extraterrestre también. Espero que mi graciosa amiga no tenga delirios.

♥

Voy al hospital pues Cristóbal me ha citado. Necesita descansar, asearse y comer y me pide si puedo quedarme con su hermano Daniel que ya se encuentra en la habitación doscientos sesenta y uno de traumatología, aunque muy sedado. Sus padres no llegan hasta mañana. Le he respondido que tardaría el menor tiempo posible y después de dejarle comida al gato, lavarme un poco y coger un libro y una muda por si acaso la necesitase, he tomado un taxi.

El taxista me pregunta si tengo a algún familiar con el dichoso virus y le respondo que no.

—Es raro todo lo que está pasando ¿no le parece?—me señala el taxista

—Son tiempos raros sí.

Me despido del taxista, subo las escaleras del hospital y voy a la habitación doscientos sesenta y uno. Cristóbal me da las gracias por tardar tan poco y me siento junto a la cama de Daniel. Al lado hay otra cama vacía y queda un poco de espacio para andar. Espero que no coloquen a nadie mientras esté aquí, me digo.

Daniel parece dormido pero hace movimientos involuntarios con las manos. Le acaricio una de ellas. Abre los ojos y pregunta:

— ¿Estrella?

—Sí, soy yo. He venido a verte. Estás en el hospital. Todo ha ido bien—le digo poco a poco y suavemente.

— ¿Qué le ha pasado al de la moto?

—Nada, no le rozaste a él, te empotraste en una farola. Está en perfecto estado—le digo esto último, sin saberlo muy bien pero con el deseo de tranquilizarlo.

— ¿Cuánto tiempo llevo aquí?

—Tres días, aunque yo no me he enterado hasta ayer. Creí que ya te habías olvidado de mí.

—No, no te he olvidado—me dice Daniel con una leve sonrisa.

—Fui a verte a la obra cuando pasaron unos días sin saber de ti y allí me lo dijeron. Laura te manda un abrazo, me ayudó a encontrarte. Ahora te cuida tu hermano Cristóbal, yo he venido para que él pueda descansar.

—Gracias. —me dice cerrando los ojos.

—Descansa—le digo y le suelto la mano.

El médico y las enfermeras entran y me indican que salga de la habitación. Espero en el pasillo. Cuando han terminado de atender a Daniel se acercan a donde me encuentro y me preguntan si soy un familiar del accidentado. Le respondo que solo una amiga, que su hermano volverá dentro de unas horas.

—Bien, era para comentarle que tendremos que operarle la pierna. Del golpe en la cabeza creo que no hay secuelas afortunadamente, aunque todavía debemos esperar un poco más para afirmarlo. Cuando vuelva su hermano indíquele que debe firmar la autorización para la operación, que lo haga cuanto antes.

—Gracias—le digo al grupo de sanitarios que camina por el pasillo hospitalario directos hacia el siguiente paciente.

Cuando vuelvo a entrar en la habitación Daniel se encuentra totalmente despierto ya que la visita médica lo ha espabilado. Me repite lo mismo que el médico, que deben operarle la pierna. Yo lo intento animar, le digo que peor sería haberle tenido que operar la columna o la cabeza y él se ríe.

—Después de todo has tenido suerte, así que no te quejes. Las técnicas para operar huesos se encuentran muy avanzadas y seguro en poco tiempo te recuperarás. Debes tener pensamientos positivos, los pensamientos influyen mucho en lo que nos ocurre en el futuro. Así que piensa que esto ha sido un episodio feo de tu vida pero que pasará pronto.

—Me da que no podré hacer mucho senderismo contigo—me dice apurado

—Seguro que incluso con la pierna operada andarás más rápido que yo. Soy de las que va mirando las hojas de los árboles y las nubes del cielo.

—Gracias por animarme.

—Y además siempre puedo acompañarte a los conciertos de flamenco— le digo— pues me gusta mucho escuchar bulerías y fandangos, los palos tristes me van menos—le manifiesto.

Daniel sonríe y se vuelve a quedar dormido y aprovecho para leer un rato. Me he traído un libro sobre ovnis para ver cómo puedo ayudar a Miriam. La protagonista de la novela es abducida por unos extraterrestres y vuelve a la Tierra treinta años más tarde, cuando se da cuenta que es una persona mayor se asusta y luego ve cómo la sociedad ha cambiado y tiene que adaptarse a esos cambios.

Dejo de leer cuando veo venir a Cristóbal. Llega limpio y descansado, es más joven que su hermano, debe tener más o menos mi edad, quizás un poco más. Treinta y dos o treinta y tres años. Me gusta su pelo largo recogido en un moño, su incipiente barba y sus brazos fuertes que se perciben debajo de la camisa. Ahora que lo veo aseado me parece muy atractivo.

Le digo, tras saludarlo, que se llegue a firmar la autorización para la operación.

—Como tu hermano ha tenido un golpe en la cabeza, necesitan también la firma de un familiar antes de operar— le explico

♥

Durante el mes que Daniel ha pasado en el hospital, he hecho muy buena amistad con su hermano Cristóbal, a quien he ayudado un poco en los acompañamientos al accidentado, después de la marcha de sus padres. Cristóbal es un artista de la pintura y se ha trasladado a vivir esta temporada al piso de enfrente de Laura, aunque no se ha dedicado a sus cuadros sino a acompañar a su hermano mayor. He visto su obra a través de internet y me ha encantado… pero especialmente me ha gustado él mismo como persona. Además de extremadamente atractivo, es entretenido, cordial y desprende una energía muy bella.

En este tiempo hemos hablado en el hospital de muchos temas: política, espiritualidad, ecología, ciencias ocultas y hasta de vida extraterrestre por las esferas que Miriam vio en su casa y que nos tienen a los dos intrigados.

Un día Laura invitó a Cristóbal a cenar en su casa y me llamó a mí para que fuera también a probar su Chirashi de salmón. Al finalizar la velada me llamó por teléfono y me dijo que saltaban chispas entre los dos, qué como no le había dicho nada.

—Qué quieres que te diga Laura—le contesté—No hay nada entre nosotros.

—Pero puede haberlo. Esa mirada no te la vi con su hermano— ¿O no te has dado cuenta?—me interroga mi amiga y compañera de trabajo.

— ¡Qué va!—le digo

—Mientes—me expresa mi amiga

—Bueno, te confieso que me gusta, pero ni se te ocurra decir nada, por favor—le suplico—Daniel me sigue diciendo piropos y Cristóbal piensa que estoy interesada en su hermano. No quiero ser cortante con Daniel en estos momentos de recuperación.

—Pues no sigas el juego de seducción de nuestro arquitecto accidentado o le harás más daño luego. Mientras más tiempo pase peor—me aclara mi amiga como si yo no lo supiera.

—Sí, si claro—le respondo.

♥

Después de pasar unas cuantas semanas hospitalizado, Cristóbal me ha mandado un mensaje, indicándome que le dan el alta a Daniel y que vuelve a casa, aunque tendrá que llevarlo al hospital todos los días a hacer rehabilitación de la pierna, por lo que se quedará un poco más tiempo en la ciudad.

Me anima a ir a su piso a verlos. Le he contestado que iré mañana pues hoy tengo una reunión y no sé a la hora que terminaré. Ya trabajamos en el Centro de Investigación Astronómico y después de este paréntesis casero por el virus, tenemos que revisar objetivos.

Me ha respondido que hará él mismo la cena si voy mañana y que espera que me guste el Quiche de puerros y jamón serrano. También me explica, que mientras esperaban el informe del alta hospitalaria de su hermano, hizo   desde su móvil   un pedido al supermercado para que le envíen de todo, incluido ese vino de la tierra del que me gusta tomar una copita, según le ha informado su hermano.

— Ja, ja. Genial—le he expresado yo en otro mensaje.

Antes de dormir llamo a Miriam, la recuerdo con frecuencia y quiero quedar con ella. Se alegra de mi llamada y me cuenta todas sus novedades. "Que ya ha abierto la tienda, que ha vendido cinco centros de mesa hoy mismo para una boda y que para celebrarlo se ha comprado un vestido monísimo que por supuesto se pondrá el día que quedemos las dos, que es violeta como el nombre de mi restaurante preferido y que si quiero mañana mismo nos podemos ver". Señala también que aunque no puede olvidar las esferas que vuelan a veces en su salón no quiere hablar más de ellas.

Yo le relato el accidente de Daniel, el encuentro con su hermano Cristóbal y que mañana voy a cenar con ellos.

—Entonces ¿quién te gusta más de los dos Estrella? , que no me aclaro—se ríe Miriam

—Me gusta más Cristóbal, pero Miriam, no se lo digas a nadie, pues hoy por hoy tengo un problema. Daniel me intenta seducir y yo por el tema del accidente le he seguido un poco el juego y claro Cristóbal respeta a su hermano mayor y solo se expresa con la mirada. Un lío Miriam.

—Tengo la solución—me responde graciosamente

— ¿Qué solución?—le pregunto a la supuesta experta en hombres.

—Tienes que presentarme a Daniel, yo me lo intento ligar y tú te quedas con Cristóbal.

—No es mala idea—le digo— organizaré una comida en casa. Mañana lo hablaré en la cena que tengo con ellos.

Cristóbal me ha vuelto a escribir. Después de mandarme un bello dibujo realizado por algún artista desconocido o incluso por él mismo. Me expone que ha invitado a Laura a cenar pero que no puede. Va con su marido al teatro y ya tienen las entradas y una cuidadora para los niños contratada. Insiste en que no se me ocurra llevar nada que hay muchísima comida y bebida.

Entonces pienso en mi amiga Miriam, está claro que esto es una señal del Universo, así que le respondo.

— "Cristóbal, mi buena amiga Miriam, la de las esferas ovnis de las que hemos hablado en el hospital, es encantadora, seguramente estaría encantada en venir a la cena ¿queréis que la avise?"

—"Estupendo, os esperamos a las veintiuna horas de esta prometedora noche"—me responde a los dos minutos mi admirado pintor.

Miriam no necesita que le insista, iba a salir con dos amigas para ir al cine pero les avisará que no puede. Que si estoy de acuerdo comenzará lentamente la estrategia de seducir a Daniel, me expresa por el teléfono. No tengo que preocuparme pues lo hará muy sutilmente; me comenta mientras pienso en no meter mucho la pata.

Daniel no me ha escrito ningún mensaje desde que lo operaron, como las manos las tiene muy bien, se puede decir que él tampoco ha fomentado mucho la incipiente relación que comenzó entre los dos. Es cierto que cuando lo he ido a ver al hospital me ha dicho algún piropo, que si estoy muy guapa, que soy muy generosa por ir a verlo, que su hermano ha resistido tanto tiempo cuidándolo gracias a mí... Puede que también se huela algo, creo que mis miradas a su hermano delatan mis sentimientos, pues con tan solo verlo se me pone la piel de gallina y cuando me agarra el brazo para ir a sentarnos un momento a solas a la sala de espera y contarme los pormenores de la evolución de Daniel, siento una sensación muy fuerte que recorre mi abdomen y baja por las piernas hasta que se me quedan flojas. Jamás me ha ocurrido algo tan físico con ninguno de mis dos novios. Es una señal que me acurre sin pensamiento previo, sin impostura. Es atracción pura y dura. No sé si le pasa igual a él. Cristóbal no me dice piropos ni nada que pueda herir a su hermano, pero he observado que se pone colorado cuando llego a la habitación del hospital, aunque tal vez sea mi fantasía. Se puede decir que estoy sumida en un estado emocional totalmente fuera de control. Aun así, voy a mirar mi armario para decidir qué me pongo esta noche, pues no quiero que Miriam se lleve todas las miradas de admiración cuando llegue con su nuevo vestido violeta a casa de Daniel.

Miriam y yo hemos llegado puntuales, en el coche le he advertido que no se pase con el alcohol a ver si se le va a escapar, por su bella boquita, algo de lo que hemos hablado. Mi amiga se pone seria y dice que debo tener confianza en ella pues aunque va por el mundo como una chica divertida es muy responsable y especialmente cuidadosa con las personas que quiere y ella me quiere como a una de sus mejores amigas.

Entramos las dos. Me siento más tranquila tras mi advertencia a Miriam. Nos abre la puerta Cristóbal quien se ha vestido muy elegante para la ocasión, con una camisa sin cuello de lino azul y un pantalón claro que le sienta fenomenal. Se ha hecho otra vez el moño alto en la cabeza en lugar de la coleta que a veces lleva. Me mira a los ojos al entrar y esta vez soy yo la que me pongo colorada. Respiro hondo y le presento a Miriam, no se dan besos pues desde lo del virus la gente no suele besarse. Después me echa el brazo por la espalda y me dice bajito al oído "Te he echado de menos". Mis piernas están a punto de flaquear pero hago un esfuerzo y sigo a Miriam que va delante de nosotros dirección al salón.

—Buenas noches Daniel, te presento a mi amiga Miriam, mi compañera de confinamiento—le digo mientras Miriam se acerca a la silla de ruedas donde está sentado debido a los problemas con su pierna tras el accidente y para mi sorpresa le planta dos besos.

—Es un placer tenerte en nuestra casa Miriam—le contesta amable Daniel.

Mi amiga se sienta en el sofá justo al lado de Daniel y veo que empieza a hablar con él.

—Estrella me ha hablado tanto de ti que tenía muchas ganas de conocerte. Cuéntame cómo ha sido lo de tu accidente….

Mientras ellos hablan Cristóbal y yo nos vamos a la cocina y allí comenzamos a coger los platos y cubiertos para poner la mesa. Entre idas y venidas de la cocina al salón, mi pintor preferido se roza conmigo y me pone cara de corderito. Cuando solo queda coger el Quiche de puerros con jamón me planta un beso en la boca.

—Perdona, no he podido controlarme—me dice.

—Tenemos que hablar—le digo despacio.

—No solo hablar Estrella—me responde bajito

Me besa de nuevo y yo me dejo llevar absolutamente. Oigo una tos en la puerta de la cocina, miro y es Miriam

— ¿Necesitáis ayuda?—nos dice Miriam desde la puerta.

—No, ya llevamos el Quiche— responde Cristóbal ofuscado, mientras yo me coloco un mechón de pelo y me sereno.

La cena transcurre divertida gracias a la interminable conversación de Miriam. Mi amiga habla de su exmarido, de sus novios, de sus centros de mesa, de los animales abandonados y del virus. Los demás no damos crédito de la capacidad de narrar con gracia los acontecimientos que le ocurren.

Nos despedimos de los dos hermanos con un par de besos sosos a cada uno. Yo por no querer destacar en nada para no meter la pata y Miriam por no saber cómo tratar a Daniel que se pasó la cena un poco ausente, tal vez por los medicamentos que toma para su pierna accidentada.

En el ascensor ya, le expreso a mi amiga que gracias a ella se ha salvado la cena. Ella me apunta que sí, que es cierto y que se encuentra agotada. Después me mira fijamente y expresa que cómo se me ocurre ponerme a morrear en la cocina, que si en vez de ser ella la que entró, llega a ser Daniel, se cae del susto de la silla de ruedas.

—No era mi intención, pero he de decirte que Cristóbal me besó y me dejé llevar. No puedo evitarlo. Además yo no soy la novia de Daniel, tan solo he salido con él tres o cuatro veces, una de ellas unos minutos en el supermercado. No me he besado con él, ni hemos hablado de nada amoroso. Así que voy a seguir viendo a Cristóbal.

— ¡Pues sí que te ha entrado fuerte el enamoramiento Estrella! .Ten cuidado que si se va de la ciudad cuando su hermano se recupere, te vas a quedar sin ninguno de los dos—me advierte mi amiga Miriam, sacando a relucir su experiencia en hombres.

—Lo más probable es que se vaya, pero así es la vida. Y en esta ocasión voy a escuchar a mi cuerpo que me pide estar entre sus brazos. Tengo treinta y dos años y es la primera vez que siento algo tan enérgico hacía alguien.

—Antes de decirte adiós prométeme que me llamarás y me tendrás al tanto, esto es como una novela turca—me dice mi graciosa amiga.

—Lo mismo te digo si te llama Daniel y te emparejas con él—le comento yo

—Por cierto, a mi me ha parecido atractivo Daniel, aunque creo que todavía le gustas, pero se ha fijado en mi culo, me ha recogido la servilleta del suelo y cuando le he dado el besito de despedida me ha dicho "hasta pronto".

—Eso es estupendo. Una noche redonda —le digo a mi amiga mientras saco las llaves del coche.

Paso unos días centrada en mi trabajo y en mis nuevos objetivos. Nos han puesto las pilas en el Centro de Investigaciones Astronómicas y hay que adaptarse a los nuevos tiempos sea como sea. Han desestimado nuevas investigaciones y han reducido gatos por lo que el trabajo tiene que ser prioritario en mi vida y el amor debería pasar a un segundo plano.

Cuando llego a casa desde el trabajo, encuentro a mi gato en mal estado, sangrando por una de sus patas traseras. Llamo a urgencias veterinarias y vienen a verlo a casa.

Estoy agotada y no quiero andar con el gato para arriba y para abajo y; he preferido que venga el veterinario a casa.

—Creo que le ha atacado otro gato— me dice el experto mientras lo cura.

—Pero si está solo…—le comento

—Pues ha debido salir u otro gato entrar a comerse su comida mientras no estaba usted—me explica el jovencísimo veterinario recién graduado.

—Es posible, le dejo la puerta del porche abierta pues le gusta mirar la calle desde la valla y cuando me voy a trabajar me apeno por que pasa mucho tiempo solo y por eso decido dejarlo salir.

—Si, es normal. Los gatos se pelean por las gatas y por la comida. Le puede dejar la puerta abierta pero no deje comida. Póngale de comer solo cuando usted esté en casa y mientras come le cierra la puerta.

—Le haré caso. Le pondré antes de irme y al volver de trabajar—le explico.

— ¿Está vacunado?—me pregunta el joven.

—Aun no, pero lo voy a llevar pronto a registrar con el chip y a vacunar. Lo encontré perdido y no sabía si se quedaría aquí o se iría a su casa. Pero como parece que se ha hecho a mí, lo adoptaré.

Le pago sus honorarios y acompaño a la puerta al veterinario. No es grave, me ha dicho al salir, se curará pronto.

Cojo en brazos al gato y le hago caricias. Se enrosca en mi regazo y se queda dormido. Lo paso suavemente a su camita y miro el móvil que acaba de sonar. Es Cristóbal, quien me dice que ha llevado a su hermano a casa, que hoy han estado de médicos y rehabilitación, que se encuentra mejor y que está leyendo , que él necesita salir un poco y le gustaría verme.

—Estoy en mi casa, hace un rato llegué del trabajo y he llamado al veterinario pues el gato ha tenido un problema. Me encuentro cansada, pero si deseas venir puedo pedir pizza y cenamos juntos. Si quieres te envío la ubicación.

—OK, voy—me responde mi pintor preferido del momento.

Llamo a la pizzería y pido una pieza familiar con jamón, champiñones y extra de queso. Me imagino que Cristóbal come mucho, pero si sobra se la daré al gatito. Me aseo rápida y me pongo un vestido que me queda muy bien y es cómodo.

Cristóbal llega antes que la pizza. Me da un abrazo y un beso rápido en la boca, dice que si no fuera por mí se habría ido a su casa en el campo, pues está agotado de cuidar a su hermano. Le comento que la vida a veces se pone dura y que también su hermano puede contratar a una enfermera o auxiliar para que lo ayude, tiene recursos económicos y no es plan de que él deje de pintar cuadros para cuidarlo. Ya ha pasado el periodo más crítico. Ahora también es tiempo para que Daniel tome sus decisiones y tú las tuyas, le digo.

—No me voy por ti—me dice mirándome a los ojos.

—Me alegro de que estés aquí, la verdad. No sé a dónde nos llevará este encuentro pero me gusta estar contigo—le respondo mirándolo también a los ojos.

— ¿Pediste la pizza?

—Si

—Entonces saldré a recogerla. Están llamando.

—Vale, yo voy a la nevera a por las bebidas y traeré las servilletas—le respondo siguiendo el juego de seducción de hablar bajito y cerca de la boca.

Nos comemos la pizza y hacemos el amor en el sofá. Cristóbal es el mejor amante que he conocido hasta ahora, con diferencia. Mientras me relajo sobre su pecho pienso que ha merecido la pena nuestro encuentro aunque sea el único que tengamos porque se marche a pintar a su casa del campo.

— ¿Puedo quedarme a dormir aquí?— me pregunta

—Tu hermano se va a preocupar y tampoco le vas a decir que estás aquí ¿o sí?

—Me iré entonces, pero se lo voy a decir. Yo quiero seguir viéndote Estrella.

—Yo también.

Cuando sale Cristóbal pienso que es el hombre que nunca esperé, pero que ha llegado como enviado por un hada madrina o una hechicera buena, de esas que las niñas siempre imaginamos de pequeñas.

Es un príncipe azul sin caballo… pero con paleta y pincel. No tengo ni idea lo que le dirá su hermano pero me da igual. Una tranquilidad pasmosa se ha instalado en mí, tan desconocida como natural. Es la vida, me digo, ha venido así, con su torrente, con su fuerza, con su autenticidad. No se puede luchar contra algo tan potente, solo es posible no resistirse y disfrutar.

♥

Pasados un par de días me encuentro en el trabajo a Laura un poco distante, le pregunto si le gustó la obra de teatro del otro día y le digo que cuando tenga un rato quiero hablar con ella.

— ¿Me quieres contar como has destrozado a Daniel?—me pregunta mi compañera y amiga en un tono muy ofensivo.

—Creo que el que se destrozó solo fue él, en el accidente—le digo yo impulsivamente, por responder algo y no quedarme con ese perjuicio encima.

—No me refería a su cuerpo, me refería a su corazón. Se lo has destrozado Estrella. Anoche estuvo en mi casa llorando .Incluso le pedí disculpas por haberte presentado. ¿Cómo has podido liarte con su hermano sin haber hablado antes con él y en plena recuperación?

—No me he liado con su hermano. Me he enamorado de su hermano. Y no ha sido algo premeditado. Sucedió, tú misma me dijiste que saltaban chispas entre nosotros— le digo— No entiendo cómo me hablas ahora así.

—Debiste decírselo—me responde Laura, que parece que se ha tragado a la jueza del mundo.

—Laura, Daniel y yo no éramos novios, ni ligues. Nos habíamos visto tres veces antes de su accidente. No ha habido ni un beso entre nosotros. Solo empezábamos a conocernos cuando llegó su hermano y nos enamoramos.

—Él pensaba en un futuro contigo—me dice

—Siento mucho haberlo decepcionado. Yo no controlo los acontecimientos que me llegan, ni planifico de quien me enamoro. Si quieres enfadarte conmigo por no seguir el camino que él ha imaginado y que tú veías más lógico, no puedo hacer nada más. Y si va otro día a tu casa dile que le deseo lo mejor pero que algo más fuerte que lo que me unía a él ha llegado a mi vida y no puedo pararlo.

Me alejo de la mesa de Laura llorando. Al menos sé que Cristóbal no es un cobarde y que ya le ha dicho a Daniel que está conmigo.

Paso el resto de la jornada laboral un poco angustiada, pero aguanto hasta el final y me voy sin decirle adiós a nadie.

Tengo cita esta tarde con el veterinario, para registrar al gato y vacunarlo. He decidido ponerle Trabo, pues el gato es bizco y la palabra trabo aparece en el diccionario como un sinónimo de bizquear. Llamaría a Cristóbal para ver qué le parece pero no me atrevo a llamar después de la conversación de esta mañana con Laura. Me siento como una mujer mala esta tarde, malísima…

— ¿Estás segura del nombre entonces?—me pregunta el veterinario.

—Sí, Trabo—suena bien y lo describe.

—Bueno pues aquí tienes tu cartilla o pasaporte sanitario. Además de su nombre, he puesto las pegatinas de las vacunas y la nota de haberlo desparasitado. Y aquí te dejo este distintivo para el collar. Ya tiene el chip y está todo en regla. La pata herida está prácticamente bien; así que hasta la próxima visita.

Voy andando con el gato metido en la bolsa vieja de deportes rumbo a casa y veo que Cristóbal está aparcando cerca de mi vivienda. Tengo un aspecto horrible pero es lo que hay.-

—Estrella—me llama Cristóbal, al pasar junto a él

—Vengo de vacunar al gato, lo traigo en esta bolsa. Vamos a dejarlo en casa.

Cristóbal se acerca y me coge la bolsa con el gato, me da un beso y me agarra la mano hasta que llegamos a mi casa.

—Le he puesto de nombre Trabo—le digo

—Suena a gato y suena bien—me dice.

—Significa bizco—le explico.

—Le he dicho a mi hermano que salgo contigo—me dice mirándome fijamente.

—Lo sé—le respondo

— ¿Cómo?—me pregunta creyendo seguramente que su hermano me ha llamado.

—Después te lo cuento, ahora dime qué te ha dicho tu hermano.

—Me ha expresado que se había dado cuenta y que le dolía porque tú a él le gustabas y quería haberte pedido que salierais juntos cuando sucedió el accidente. Pero que entiende que las cosas del amor no pueden controlarse y que si tú me has preferido a mí, se quita de en medio.

—Me parece una respuesta madura y lo honra—le contesto

—Sí, está triste pero a la vez se alegra por mí.

—Hoy en el trabajo vuestra vecina Laura y mi amiga, se ha enfadado conmigo por haberle roto el corazón a tu hermano. Se siente responsable pues ella nos presentó. Tenemos a nuestro pequeño mundo en contra Cristóbal, espero que podamos sobrevivir.

"Siempre nos quedará Saturno" me dice cogiéndome por la cintura y llevándome bailando al salón. Nos besamos en el sofá y nos acariciamos hasta que nuestros cuerpos vuelven a ser uno solo. Entonces pienso que la vida me ha traído un pedazo de regalo y me merezco disfrutar. No solo de estudios y trabajo vive la mujer me digo de nuevo, cuando Cristóbal me coge en brazos y me lleva a la cama y él se acuesta a mi lado.

—Se puede decir que no sé nada de ti Estrella, aparte de que mi hermano mayor te había echado el ojo y de que gracias a ti he podido sobrellevar con dignidad este episodio del accidente de Daniel.

—Yo tampoco se mucho de ti. Que eres pintor y que vives en el campo a trescientos kilómetros de aquí—le respondo siguiendo su discurso.

—¿Quién eres Estrella?—me pregunta el hombre que acaba de hacerme el amor, en tono bajito.

—Soy una mujer de treinta y dos años, atractiva, doctora en astrofísica, contratada por el Centro de Investigaciones Astronómicas. Soltera, sin hijos. Huérfana de padre y madre, pues murieron ambos en un accidente. No tengo hermanos. Estoy sola en el mundo pero me siento acompañada por mis estudios, mis libros y los contados amigos que tengo. Me gusta mi trabajo y no lo dejaré nunca. Y deseo disfrutar de la vida sin hacerle daño a nadie si es posible.

—Te has definido bien ¿quieres que yo me defina?

—Claro que sí—le respondo al amante perfecto.

—Hombre blanco de pelo castaño largo y barba incipiente. Treinta y cuatro años. Soy el segundo de tres hermanos, Daniel es el mayor y ya lo conoces, el pequeño se llama Carlos y tiene una alteración genética, trisomia del par 21, llamada síndrome de Down. Es una persona muy especial, alegre y feliz. Vive con mis padres que cuidan de él y él de ellos. Ya te hablaré de Carlos. Soy Licenciado en Bellas Artes y trabajo como autónomo. Pinto cuadros en grandes formatos y vendo algunos. He ganado un premio en New York que ha hecho que venda allí bastante. Me encanta mi trabajo. Soy soltero y sin hijos y he tenido varias novias ya que soy un hombre atractivo, pero este año había decidido pasarlo solo y mirarme un poco a mi mismo para conocerme mejor.

— ¿Y por qué me has seducido?

—No he podido resistirme a tus encantos…

— ¿Te irás pronto a tu casa?

—Ya debería haberme ido. Estoy aquí por ti, no puedo separarme de este cuerpecito lindo y de estos ojos que miran sin parar los anillos de Saturno.

—Mi último novio se fue a trabajar a Emiratos Árabes, pretendió que lo acompañara pero no quise dejar mi labor. Lo quería, pero no sentía lo mismo que por ti. Era un amor más pensado y menos disfrutado.

—Vamos, que no hacía bien el amor—
sentencia Cristóbal.

—Era un tema mío. Yo no podía
entregarme como me entrego a ti, había algo
que me impedía conectar con su alma, con su
esencia. Contigo me siento que conecto a un
nivel por encima de la conciencia, algo
místico.

—Es el amor sin tiempo y se disfruta
en pocas ocasiones. Por eso no me puedo ir.
Debo marcharme pues se supone que tengo
que comenzar un encargo importante, pero
me es imposible pasar dos días sin verte.

—Me gusta escucharte. Sé que sabrás
lo que hacer en el momento adecuado.
Sufriré seguramente cuando te vayas pero sé
que la vida es así.

—Quiero que conozcas a mi hermano
Carlos. Sería la primera vez que se lo
presento a alguien que no es de mi pueblo.

—En estos momentos tengo mucho
trabajo, no puedo pedir días libres para ir a tu
pueblo a ver a tu hermano, aunque me
apetezca. Son más de trescientos kilómetros
de carretera y tampoco es plan de ir y venir.

—No hará falta. Mis padres vienen a ver a Daniel y Carlos los acompaña. Se quedarán un tiempo y después visitarán a un tío mío que vive   cerca de aquí Estarán una temporada para que yo pueda irme si lo deseo, ya que como sabes el piso de mi hermano es grande y entramos todos.

—Lo que significa que te vas pronto…

—Puede…También   podría empezar a pintar aquí en tu porche si deseas tenerme cerca.

—Podría   ser,   déjame   pensarlo   y piénsalo tú también. No nos conocemos y es una prueba difícil de superar. Los dos hemos vivido solos mucho tiempo y   tendremos manías molestas. Pero no es un "no" la respuesta.

Saturno me centra, venir al trabajo es entrar en otra dimensión donde el tiempo cambia y el espacio se curva como en los campos gravitatorios fuertes. Olvido quien soy y lo que voy a comer hoy. Mirar los anillos de este   magnífico   planeta   y   descubrir perturbaciones en las partículas que los conforman, es sentir nuestra propia pequeñez en el Universo infinito que nos rodea. Somos pequeños granos de arena en una playa inmensa y nuestros conflictos son como minúsculos campos de fuerza que se mueven por la gravedad o el magnetismo.

Laura apenas me mira, se ha tomado personalmente el dolor de Daniel. Y yo no voy a ir a mendigar su amistad. Ya le he dicho que me he enamorado de Cristóbal y si el propio Daniel lo ha aceptado con naturalidad, según me ha dicho su hermano; no entiendo que ella quiera hacerme sentir como una indecorosa. Voy a almorzar sola y me siento a mirar mi móvil en la mesa del bar del Centro de Investigación. Cristóbal me ha escrito una carta y me pongo a leerla en mi retiro voluntario y provisional.

"Hola mi preciosa Estrella Polar: Dos eternos días sin verte. Te he echado de menos. He ido al pueblo a recoger lienzos, pinturas y otros accesorios para empezar a pintar. Me he traído a mi hermano Carlos conmigo, mis padres llegan mañana o pasado. He pensado en invitarte a cenar con él en la hamburguesería de la Plaza que está cerca de tu casa. Le encantan las hamburguesas y mis padres nunca lo llevan a comer ninguna. Allí hay aparcamiento.

Estamos a las nueve en la puerta. Dime si te esperamos"

El mensaje me alegra el almuerzo. Me siento sola y al leerlo una alegría dúctil ha llegado a mi cuerpo. Respondo: "Si, esperadme".

Laura se acerca a la mesa y se sienta. Me dice que tal vez ha sido muy dura conmigo, pues ha visto a Daniel llorar como a un niño. También ha visto a su atractivo hermano y es normal que yo haya caído en sus redes. Eres humana Estrella y yo te he tratado como si tuvieras que ser perfecta.

—Laura. Yo no he caído en las redes de Cristóbal. Me he enamorado. No sé si será algo pasajero o eterno pero no me arrepiento. Lo amo. Siento que Daniel haya sufrido, no era mi intención que soportara como elegía a su hermano en lugar de a él, pero hay cosas que no podemos controlar. Ser perfecta no es controlar los sentimientos y hacer lo que socialmente se espera de ti. Y si es eso, yo no quiero ser perfecta, quiero ser yo misma, quiero vivir—le digo a Laura.

—Bueno, olvidemos lo ocurrido y volvamos a ser las compañeras de siempre.

—OK. —le respondo a la americana o a la inglesa, a mi compañera preocupada.

♥

Carlos es un chico guapo que tiene unos rasgos de su síndrome muy poco marcados; es alto, aunque menos que sus dos hermanos. Se nota que está bien educado y se comporta muy caballerosamente, pues me ofrece su mano al verme y cuando Cristóbal me presenta como su amiga Estrella dice que soy muy guapa.

—Muchas gracias Carlos, eres muy amable—le digo.

Pedimos las hamburguesas con patatas y refrescos y nos sentamos los tres en una mesa de la zona del jardín de la hamburguesería, pues el tiempo está apacible. Cristóbal le da palmadas en la espalda y le dice que ha crecido desde que no lo ve.

—He empezado a hacer un módulo de ayudante de jardinería—nos cuenta.

— ¿Te gustan las plantas?—le pregunto.

—Me gustan mucho pues son seres vivos que necesitan agua, sol y cariño, como nosotros.

—Yo le canto a mis plantas—le digo

— ¿Y qué canción le cantas?—me pregunta Carlos.

—La canción que más me gusta cantarles es una que se llama "El presente es lo único que cuenta". Habla de que todos debemos disfrutar de nuestro tiempo en este planeta Tierra, pues pasa rápido.

— ¿Puedo pedir otra hamburguesa?—pregunta Carlos.

—Solo media, la otra media nos la comeremos Estrella y yo. Mamá me matará si se entera—contesta Cristóbal

—Yo no puedo más, le cedo mi parte a Cristóbal—digo mirando a Carlos

— ¿Te gusta mi hermano?—me pregunta

—Me gusta un poquito sí—le respondo

Carlos se ríe a carcajadas. Le hace gracia que me guste su hermano. Luego se pone serio y apunta.

—Tiene muchas novias.

—Eso no se dice hermano, ahora Estrella se pondrá celosa y me echará una bronca—le dice Cristóbal, pero Carlos se muere de risa.

Llevamos a Carlos a casa de Daniel, pues los hermanos llegaron a la hamburguesería en taxi, espero en mi coche abajo del edificio donde viven mi amiga Laura y Daniel, pues Cristóbal me ha pedido que durmamos juntos. Al llegar me agradece que haya sido natural con Carlos, le respondo que es un joven encantador. Me abraza y dice que está deseando dormir a mi lado, pero que antes debe contarme un cotilleo.

—Cuando he subido al piso a acompañar a Carlos, mi hermano Daniel no estaba solo. Tu amiga Miriam estaba con él sentada muy cerquita en el sofá. Mi hermano no estaba en la silla de ruedas.

—Que bien. Me alegro muchísimo….

—Espero que esta noche no se le aparezca la esfera extraterrestre—comenta Cristóbal

—No seas malo—le digo por su frase— ¿crees que mi amiga desvaría? Yo opino que es posible que sea cierto lo de la esfera. Debe haber extraterrestres. Llevo casi toda mi vida observando el Cosmos y lo difícil sería que no los hubiera.

—Está bien. Admito que he hecho una broma fácil de Miriam. Lo cierto es que la chica es un encanto: amable, divertida y guapa. A ver si mi hermano y ella se lo pasan bien juntos.

—Lo deseo de verdad, pues mi amiga es una mujer muy especial y tu hermano se ve muy buena persona y por qué no decirlo, también es guapo.

Llegamos a casa. Trabo nos recibe maullando, tiene hambre. Le digo a Cristóbal que ahora solo le pongo de comer cuando estoy yo, pues entran gatos a comerse la comida y se pelean con él. Así que le preparo la cena al gato antes de nada. Después le digo a mi enamorado que si desea ducharse en el baño de invitados hay de todo. Yo me doy una breve ducha y me meto en la cama.

Cristóbal dice que es la primera vez que dormimos juntos y que espera no roncar, yo me rio y digo que tal vez yo también ronque. Él me dice que seguro que serán unos bellos ronquidos y que antes de que empiecen, desea comerme entera. Empieza por morderme suavemente el culo y luego me acaricia la espalada y el pecho. En el cuello se detiene mucho tiempo. Yo me dejo hacer. Me besa apasionadamente y yo a él y suavemente hacemos el amor hasta el final…

En el café matutino Cristóbal me explica que mientras estoy en el trabajo pintará en el porche. Irá a por sus cosas si me parece bien.

—Me parece perfecto.

— ¿Vienes a comer?—me pregunta.

—Como en el trabajo, así salgo antes por la tarde—le respondo

—Entonces iré a comer con mis hermanos y volveré para la cena. Puedo hacer espaguetis si te gustan.

—Me encantan

—Nos vemos para la cena. Disfruta con Saturno—me expresa tirándome un beso.

Cristóbal ha colocado un gran lienzo en una de las paredes del porche. Hoy ha estado manchando el cuadro y se ve una bola luminosa con anillos en la profundidad aun borrosa y le pregunto si es Saturno.

—Será Saturno y sus majestuosos anillos, el planeta gaseoso que nos ha unido y prestado su magia para que nuestro encuentro sea siempre místico.

Le hago un gesto con las manos a modo de meditación y le pregunto después.

— ¿Qué pintarás en el primer plano del cuadro?

—Trabo debe salir pues lleva toda la mañana llamando mi atención, además de Saturno, por supuesto y el resto ya veremos, me iré dejando fluir. Este cuadro no es un encargo con unas características definidas, tan solo me han dicho el título.

— ¿Y cuál es?

—"Fiesta del Color"

—¡Muy abierto!, así podría pintarlo hasta yo—le digo.

—Estás invitada a dar brochazos.

Pienso que debe ser divertido eso de dar brochazos y dejar salir la energía que a veces se estanca en el cuerpo, pero no quiero estropearle el cuadro y cambio de tema.

— ¿Qué tal con tus hermanos?

—Han llegado mis padres, hemos comido todos en el restaurante de Violeta, idea de Daniel. Aunque es el sitio donde te conoció admite que su relación precio-calidad y su ubicación son de lo mejor de la ciudad. Les ha comentado a nuestros padres que estaba conociendo a una joven muy interesante por la que descubrió el restaurante y que se la he robado.

— ¿Cómo te ha sentado esa perorata?

—Bien, porque lo ha expresado con humor.

—Carlos ha completado el mensaje diciendo que te conoce y que te llamas Estrella.

— ¿Recordaba mi nombre?—le pregunto admirada

—Tiene una memoria excepcional—me responde Cristóbal orgulloso de su hermano.

—Luego Carlos ha sentenciado "Daniel tiene ya otra novia que se llama Miriam".

—Mis padres han dicho que a pesar del accidente no hemos perdido mucho el tiempo. Así que la comida ha tenido un tono distendido.

—¡Menos mal!—expreso con cierto alivio.

♥

Miriam me llama al trabajo casi a la hora de salir, cosa rara en ella. En el salón de su casa hay otra vez esferas dando vuelta y quiere que me llegue a verlas.

Pido el permiso oportuno a mi coordinador Don Valentín, diciéndole que una amiga tiene una urgencia y me llego a su vivienda, que es una pequeña casita adosada a las afueras, en un lugar con mucha arboleda.

Para mi sorpresa, cuando llego también veo las esferas.

—¡Dios mío que cosa más extraña Miriam!— manifiesto asombrada.

Mi amiga se tranquiliza porque yo también pueda verlas pues creía que se estaba volviendo loca.

—No sé qué tipo de fenómeno será. Es la primera vez que veo algo así. Vamos a grabarlo—le señalo

Lo grabo con mi móvil y le envío el video a un compañero de trabajo. Le escribo que si quiere puede venir y le mando la dirección de Miriam.

—Parecen centellas o rayos globulares, pero éstos duran poco tiempo en el espacio. No puedo ir— me dice también mi amigo en su mensaje— pero grabar mientras dure el fenómeno—me recomienda.

Miriam sigue grabando con el móvil un poco más, justo hasta el momento en que desaparecen las brillantes esferas.

Para tranquilizar a Miriam, le explico que se trata de un fenómeno raro pero terrestre llamado rayo globular o centella. Que no es peligroso. Ella respira hondo y va superando el susto poco a poco.

Después de que las esferas desaparecen por arte de magia, Miriam y yo salimos fuera de la casa. Me quedo mirando un tiempo a los alrededores y veo unos CDs colgando de un tejado próximo.

—Ahora lo entiendo Miriam—le comento nerviosa a mi amiga

—¿Qué es lo que entiendes?—me responde Miriam acercándose.

— ¿Ves aquellos CDs colgando de aquel tejado? Los cuelgan para asustar a los pájaros, para que no hagan nidos. El reflejo del sol a esta hora que ha pasado, se proyecta en tu casa y atraviesa el cristal de la ventana del salón.

—Gracias, gracias, gracias...por venir—si no te llegas a dar cuenta de eso me mudo de casa.

—De nada Miriam, no creo que los extraterrestres jueguen con esferas, cuando vengan los veremos todos. Suelen usar naves más grandes.

—Tengo que decirte una cosa antes que te vayas—me indica.

—Pues date prisa, estoy agotada y con ganas de llegar a mi casa.

—El otro día me llamó Daniel y fui a verlo un rato ¿Lo sabes?

—Sí, me lo dijo Cristóbal.

—Me gusta un poco, pero es muy serio para mí, seguro que yo le parezco poco inteligente—me dice Miriam con pena.

—Dale tiempo, cuando te conozca bien le encantarás, estoy segura; pero sobretodo sé tú misma y no quieras cubrir lo que te imaginas que espera de ti— Le digo al recordar la conversación que tuvimos en el confinamiento donde me explicó que era demasiado buena.

—Si... en ello estoy. Adiós

Al volver por la tarde a casa, le cuento a Cristóbal el incidente de la mañana. Me pregunta con guasa si debe pintar en el nuevo cuadro a los CDs junto a unas esferas...Le digo que si me encuentro por ahí unos extraterrestres le diré que lo abduzcan por reírse de unas pobres chicas.

Los padres de mi enamorado y su hermano menor Carlos, ya se han marchado, su hermano mayor Daniel ya puede valerse por sí mismo con la silla de ruedas de apoyo. Laura le ha buscado una asistenta, hermana de la chica que cuida a sus niños cuando sale, y le ayudará con la limpieza y con la cocina todos los días durante dos o tres horas. Cristóbal irá a verlo con frecuencia, pero mientras yo quiera se quedará aquí.

Le propongo ir a cenar croquetas al restaurante de Violeta, así cambiamos un poco de aires. Me dice que le gustaría cambiar de lugar para salir, que quiere un territorio sin tanta historia amorosa: Alberto, Daniel...son dos amores que no desea poner entre sus platos de comida.

—Pasearemos por el centro y tú eliges un lugar que te inspire—me propone Cristóbal

—Vale, pero tú eliges, así voy conociendo tus gustos.

Hay un bar con mucha animación donde ponen tapas que yo no conocía y que vemos al pasar. El local no se sabe si es un pub o un bar, tiene luces rojas y a la vez estanterías con bandejas de tapas. Parece ser que Cristóbal se siente estimulado para entrar en él.

El ambiente debe ser de los que él frecuenta. Muchos artistas vestidos con indumentarias estrambóticas y algunos tatuajes en brazos desnudos. Aunque no es mi estilo, no quiero parecer cursi y entro con la cabeza alta, apretándome el cinturón de los pantalones vaqueros y desabrochándome un par de botones de la camisa.

— ¿Te gusta el sitio?—me pregunta Cristóbal

—No es mi ambiente pero parece divertido—le expongo

—Vamos a picar algo y luego bailamos

—Hace siglos que no bailo—le digo un poco sorprendida

—Pues es lo mejor para el espíritu y para el amor—me dice mi enamorado.

—Bueno, ok—le digo, superando mi resistencia a entrar.

Nos comemos una tapa cada uno. Una especie de paté con mermelada roja colocado entre penecillos salados y me bebo mi copa de vino de golpe a ver si consigo perder mi timidez y bailar a gusto.

La pequeña pista de baile está vacía pero Cristóbal se empeña en bailar, le sigo el compás hasta que mi mente se libera y consigo moverme al ritmo que mi cuerpo siente la música.

Bailamos varias canciones a cual más desconocida para mí, pero no para él que incluso canta algunas partes de las mismas.

Volvemos a casa bastante contestos. Hacía mucho tiempo que no me lo pasaba bien bailando. Nos recibe Trabo al llegar pidiéndonos su cena y yo espero que se la coma mientras me tomo un plátano, pues la cena ha sido más bien escasa…

—Yo quiero otro plátano—me dice Cristóbal desde lejos.

—En el cajón de la nevera hay varios— le indico

Nos acostamos alegres y cansados y nos dormimos abrazados. Me gusta este amor repentino que ha entrado en mi vida, inundando de alegría el presente y solamente el presente. Sin planes, sin desafíos. Sin un mañana concreto… pero enérgico en el hoy.

Trabo se ha puesto a nuestros pies y Cristóbal no se ha dado cuenta pues ya duerme. El animal necesita compañía y como lo han vacunado y desparasitado lo dejo que se enrosque en la zona final de la cama.

Por la mañana nos despierta el gato que se ha colocado entre nosotros y casi lo aplastamos sin darnos cuenta. Ha maullado y después ha salido corriendo y lo he sentido salir hacia el jardín por la ventana de la cocina que la suelo dejar abierta.

— ¿Ha dormido Trabo con nosotros?

—Creo que sí—le digo entre risas

— ¿No tendrá pulgas?

—Claro que no. Está vacunado y desparasitado.

—Menos mal.

—El pobre se siente solo—le explico a Cristóbal.

—No creerá que es hijo nuestro, ¿no? .Por las mañanas cuando pinto en el porche se pone a rozarse con mis piernas.

—A lo mejor sí, pienso que puede creer que es nuestro hijo adoptado y esos roces son para impregnarte su olor y desearte suerte. El animal no se relaciona con los de su especie y no resulta tan extraña su posible confusión.

—Si es así, aceptaré sus buenos deseos—me dice con las manos en la cabeza en señal de cierta locura gatuna.

Cristóbal se levanta y prepara el desayuno. Y yo me quedo en la cama hasta que el olor a café penetra por mis fosas nasales y entonces elevo mis   piernas, las bajo y planto mis pies en el suelo.

♥

Esta mañana Juanma, el exmarido de Miriam se me ha acercado en el trabajo. Me ha preguntado amablemente como me encuentro y le he dicho que bien. Mientras me saludaba pensé que me quería decir algo referente a su exmujer y mi amiga desde que hicimos juntas el confinamiento y la salvé de las supuestas   esferas extraterrestres…pero no se trataba de Miriam, sino que me ha preguntado si sé algo de Alberto, mi exnovio.

—Desde que se fue a Abu Dabi no he tenido noticias de él. Me pidió distancia. No quiso mantener contacto para poder superar cuanto antes nuestra ruptura, así que muy a mi pesar no le he preguntado ni cómo le va.

—El otro día me lo encontré en Madrid.

— ¡En Madrid!—le respondo muy sorprendida.

—Estaba allí por negocios. Me preguntó por ti y le comenté que solo te veía aquí en el trabajo y no manteníamos una amistad como cuando salíamos con vosotros, Miriam y yo.

—Qué raro—le digo.

—Me dijo que iba a llamarte, por eso te lo he preguntado—dice Juanma

—Pues no me ha llamado—le respondo queriendo dar por finalizada esta breve charla.

—Bien, pues nada Estrella, hasta otro ratito. Tengo trabajo—se despide Juanma y yo me quedo un poco con un sabor agridulce en la boca y con el corazón acelerado.

Hacía semanas que no recordaba a Alberto y también que el nudo amargo que había tenido aposentado en mi garganta había desaparecido. Saber que se encuentra a pocos cientos de kilómetros de donde yo estoy no me hace feliz en estos momentos. Pienso en la posibilidad de que se llegue a mi casa a saludarme y encuentre allí a Cristóbal pintando su gran lienzo.

Los anillos de Saturno se envuelven entre mis pensamientos y no alcanzo la concentración necesaria. ¿Por qué Juanma me lo habrá dicho? Toda la mañana me la paso liada entre recuerdos:

"Cuando conocí a Alberto en la boda de una amiga de la Universidad. El día que me dijo que quería salir conmigo y me regaló un gran ramo de flores en la puerta del trabajo. Cuando pensamos que estaba embarazada y fuimos a comprar a la farmacia el test de embarazo. El día que nos bañamos en el pantano y no podíamos salir del agua, hasta que pasó un pescador en un barquito y nos ayudó. Cuando compré esta casa después de vender la antigua casita familiar que heredé de mis padres en el pueblo. Nuestro viaje a Londres y los preciosos paseos cogidos de la mano por el Hyde Park o por los jardines de Greenwich y las fotos junto al meridiano 0. Las comidas que hacíamos juntos, en la equipada cocina de mi nueva casa y las cenas en el restaurante de Violeta donde siempre nos trataban con un afecto especial"

Tantos recuerdos bonitos, tantas ricas comidas, tantas canciones tarareadas juntos y su inesperada decisión de irse para ganar más dinero y poder comprar un gran coche. No entendí esa necesidad, que para mí era absurda, pero era su ilusión según me dijo y yo no quería quitársela, pues me hubiera odiado.

Era mejor decir adiós con respeto. Hubo discusiones pero siempre tuvimos claro que la vida de cada uno primaba sobre la pareja. No sé si eso es bueno o es malo, pero así fue.

Y ahora está Cristóbal, otro hombre que en apenas semanas llena mi vida de nuevo por un tiempo indefinido, corto o largo, no sabemos. Vivimos el presente con amor y alegría y la vida nos sorprende cada amanecer.

Al salir del trabajo me voy a hacerle una visita a Miriam, he avisado a Cristóbal para que no se preocupe por mí, pues desde que su hermano tuvo el accidente a veces pensamos en lo peor si uno de los dos no aparece.

He quedado con Miriam en su tienda, quiere que vea sus nuevos trabajos de centros de mesa inspirados en las supuestas esferas extraterrestres. Cuando llego veo su tienda transformada. Parece una ciudad del futuro, incluso ella está vestida de una forma muy robótica.

—¡Miriam esto está fantástico!.No puedo creer que tú sola hayas montado todo esto. Estoy absolutamente anonadada. —le expreso

—Me ha ayudado Daniel. El diseño general es suyo—me dice contenta.

—¡Ah!—digo un poco extrañada—No me imaginaba a Daniel tan creativo.

—Es tanto o más que su hermano.

—Pues dale la enhorabuena—le digo recalcando que es todo precioso.

—Y lo mejor de todo: no paro de vender. Si la cosa va así, tendré que contratar un ayudante. Pero no me he olvidado de ti Estrella y te he guardado el centro que te gustó cuando estaba confinada en tu casa. Voy a por él.

Charlamos un rato de ropa y cositas nuevas, después de admirar el regalo, me despido al estilo cósmico.

— Hasta otro momento en que alguna de las dos nos visitemos.

Me marcho de la tienda con un precioso centro de mesa con motivos florales pues lo hizo antes de su faceta extraterrestre. Además de nuestra charla femenina, Miriam me ha contado que ha empezando a salir con Daniel y que se siente bien. Es un amor tranquilo, diferente a todas sus anteriores parejas. Y yo le he contado el encuentro de su ex Juanma con mi ex Alberto. Miriam ha sentenciado que conociendo a Juanma, el mensaje tiene gato encerrado, pero no hemos averiguado de qué se trata.

La vida con Cristóbal es sencilla y cuando nos vemos nos alegramos de estar juntos .No hay nada planificado, a veces la nevera está llena pues los dos hemos comprado y otras vacía pues ninguno se ha acordado. Los días de olvido encargamos pizza o nos llegamos a algún barecito a tapear. Lo único que tenemos siempre es comida para Trabo que ha crecido y se pasa las horas mirando la calle o dormido.

El cuadro de Cristóbal va alcanzando un grado de perfección muy alto, es un surrealismo extraño el suyo, pero que amplía el espacio y transporta al observador a otro mundo diferente. Yo me quedo mirándolo al pasar por el porche y siento que estoy en otro espacio-tiempo. Él dice que el hacer el amor con una astrónoma ha empapado al cuadro de ese mundo menos cotidiano, del Cosmos. Perdiendo su paleta gravedad y asimilando fotones sus colores.

— ¿No ves algo extraño en este cuadro Estrella?

—Lo veo extraño en su conjunto—le respondo

—Pero fíjate más y dime qué te sugestiona.

—La esfera extraterrestre le da un halo de paisaje situado en un "Universo Paralelo".

—Es eso Estrella, muy acertada tu observación—me dice

—Tienes que ver la tienda Miriam, también se encuentra allí, en el otro Universo—le comento.

—Sí, ya iremos, ya me ha comentado mi hermano que la ha ayudado a renovarla.

No era extraño que mi corazón se acelerara cuando recibí las noticias de Alberto. No había pasado ni un año de su marcha y me parecía raro que ya se encontrara realizando negocios en Madrid. Y es Miriam quien me llama para exponerme el motivo. Un motivo que me cuesta creer, pero que mi amiga se empeña en decirme, que no hay el menor resquicio de duda.

—Solo fue a Abu Dhabi a casarse, su novia de Madrid era de allí y estaba embarazada. Hija de padres españoles que emigraron al lugar para hacer dinero, estudiaba en Madrid y la chica quería casarse allí donde viven sus padres y hermanos muy acomodadamente. Te mintió, es un mentiroso patológico. Llevaba una doble vida, por eso te expuso la absurda idea de que se iba a trabajar allí para comprar un coche de lujo. Sus continuos viajes a Madrid no eran solo por un trabajo agotador como siempre explicaba. Era para llevar otra vida con una estudiante adinerada y muy guapa. ¡Ya ves como es la gente!—termina Miriam contundente.

—Me es muy difícil creerlo Miriam—le digo a mi amiga abatida.

—Las cosas maléficas no solo me ocurren a mí. Recuerda al vendedor falso de casitas de madera.

—Pero esto es mucho peor. Han sido dos años de noviazgo. Mentira tras mentira...

—Eligió bien a su presa. Chica joven con trabajo bien pagado, con poco tiempo libre debido a su labor, con casa propia y sin familia. Amante de la soledad y la lectura y poco dada a los chismes.

— ¿Cómo lo has sabido?

—Por Juanma, mantenemos algún contacto telefónico pues hay temas económicos aún no resueltos del todo. Lo llamé y le pregunté que por qué te había dicho que vio a Alberto sabiendo que lo habías pasado mal y que tenías ahora otra pareja. Al principio me dio largas pero yo lo conozco bien y después de presionarlo lo soltó.

— ¿Juanma lo sabía todo desde el principio?

—No, no. A él también le sorprendió. Pero Alberto estaba deseoso de hablar el día que se encontraron en Madrid y también de enseñarle la foto de su hijo. Tiene un bebé muy regordete, según la foto que vio Juanma.

—Me parece que esto es un sueño Miriam—le digo sin poderlo creer del todo.

—De sueño nada. Vive en Madrid en la calle Libertad, por si quieres indagar.

—No, creo que no.

—Siento haber sido yo quien te lo ha dicho, pero no quería que sufrieras más por ese impresentable.

—Te lo agradezco mucho, de verdad Miriam gracias. Ya te llamo. Me encuentro asolada…

Cuando crees que has tenido una vida más o menos normal y de pronto un tsunami informativo sobre ella te atropella, entras en el caos. Ingresas en otro mundo diferente donde la verdad y la mentira se confunden. Me siento como un electrón visto desde la mecánica cuántica….

Como tengo sus apellidos, la calle de Madrid donde vive y el nombre de su empresa, decido investigar sobre él.

Encuentro en la red una página con fotos de su boda. Y me pregunto cómo he podido ser tan crédula, mientras miro unas enormes mesas repletas de invitados y de comidas exquisitas. Personas occidentales y árabes, unidas por un enlace y un bebe en marcha. Lujo y coches de alta gama en las fotos. Y yo aquí dando vueltas durante tres meses paseo arriba y paseo abajo sin entender nada, pero sintiendo en lo más hondo de mis entrañas que seguro que había hecho algo mal.

Hasta tengo deseos de venganza: ir a Madrid y contarle a la joven mamá lo que ha ocurrido. Pero pienso en el bebé y me echo atrás, el niño no se lo merece.

Incluso no sé si contárselo a Cristóbal, me ha entrado una inseguridad en el cuerpo que también sospecho de él.

— ¿Te noto rara?—me dice Cristóbal cuando estamos comiendo en la cocina.

—Hoy me ha ocurrido algo muy extraño—le digo

— ¿Has descubierto vida en alguna Luna de Saturno?

—Más extraño que eso

— ¿Más?—me pregunta estupefacto.

—Si—le respondo con la mirada perdida.

—Me asustas Estrella. Dilo de una vez—me oferta Cristóbal

Y yo le narro todo, como si estuviera vomitando una madeja de lana que se había enredado en las tripas.

—Es tela de fuerte—dice Cristóbal— podemos denunciarlo.

—No, aunque fuera posible, solo quiero olvidarlo.

—Será un enfermo—comenta mi enamorado.

—Más bien un estafador de la vida— le respondo.

Y Cristóbal me dice que él no me engaña, que él me desea, me quiere, me admira y me abraza fuerte mientras me desahogo echando un mar de lágrimas en su camisa y nos quedamos dormidos en el sofá entre las palabras y los llantos. Al despertar nos da un ataque de risa.

—Desde cierta perspectiva es un artista Estrella.

—Si — me río también—un artista de la mentira.

Vamos a encender la chimenea para quemar todas sus fotos. No importa que no haga frío. Necesito un ritual para el olvido y la limpieza.

Echamos sal en los rincones, Cristóbal enciende la chimenea y voy tirando al fuego las fotos donde estoy con Alberto.

— ¿Apago el fuego?

—Sí, porque ya me siento bien.

♥

Hoy estoy trabajando en una nube toroidal de átomos de hidrógeno neutro que rodea una luna de Saturno llamada Titán. Un disco de plasma compuesto de hidrógeno y de iones de oxígeno, que gira en sincronía con el campo magnético de Saturno. Cuando miro las imágenes de estas inmensidades del espacio, considero muy pequeños mis problemas presentes y futuros. Y no solo los míos que he tenido una vida apacible aunque haya sido engañada, y bastante feliz si no hubiesen muerto mis padres en aquel accidente de tráfico que me superó totalmente durante más de un año. Si no los problemas de toda la humanidad.

Me pregunto cómo se formó este Universo. Mi mente analítica no comprende cómo pudo ser. Aunque considere la explosión que llamamos Big Bang como altamente probable y como el punto inicial desde el cual se formó el espacio, el tiempo y la materia hace unos 13.800 millones de años, no lo imagino del todo.

Empecé a creer en una vida después de la muerte cuando mis padres murieron. Mi yo en soledad quería comunicarse con ellos y pedirles consejo. Por las noches les preguntaba cosas y en los sueños me venían las respuestas.

Vendí la casa antigua donde me crié y viví mi infancia junto a ellos para poder comprar una cercana a mi trabajo en esta ciudad, pues mi padre me lo sugirió en un sueño. Me presenté a la plaza que ocupo ahora en el Centro de Investigación, pues mi madre me dijo que debía enviar mi currículo lo antes posible, en otro sueño. Mi formación científica me hace dudar a veces de los mensajes pero desde mi inconsciente actúo como si fueran recomendaciones reales, tal vez porque los escuché en vida de ellos y nunca los pasé a la conciencia.

Estuve un año sin salir de casa cuando mis padres murieron, no tenía ganas de ver a nadie. Por fin un primo mío insistió en que debía verme un psiquiatra y comencé a medicarme para la depresión y lo he ido superando poco a poco. Pero la noticia de Alberto, el farsante, me ha vuelto a traer de paseo por estos lares del espacio-tiempo del universo depresivo. Pero esta vez conozco por mi misma la salida: "Caminar" "Sentir el viento en mi rostro" "Escuchar a la gente" "Disfrutar de una buena comida y un buen vino" y en especial ahora "Amar a Cristóbal sin temor".

—Lo doy por finalizado—oigo decir a Cristóbal desde el porche.

—¿El cuadro?—le pregunto y me acerco a verlo

—Si lo retoco más puedo estropearlo. Tiene ahora un toque especial aunque no sea perfecto.

— ¿Cómo se lo enviarás a tu cliente?

—Cuando se seque le quito el bastidor, lo enrosco, lo envuelvo o guardo en un soporte tubería y envío a New York .Cuando llegue mi representante lo vuelve a poner en un nuevo bastidor y lo encuadra con un marco que ya he encargado, se lo lleva al cliente y lo cobra. Luego me envía mi porcentaje.

— ¿Entonces tienes varios días libres antes de mandarlo?

—Así es. ¿Quieres que vayamos a alguna parte?

—Me gustaría ir a ver el mar. Hace tiempo que no me doy un buen baño en las aguas oceánicas.

—En el fin de semana—propone Cristóbal.

—Si, en solo dos días no le pasará nada al gato. Le dejaré comida en el porche y lo más grave que puede ocurrir es que se la coma otro gato, pero podrá salir y entrar.

—Muy bien. Mañana jueves había pensado   visitar a mi hermano ¿quieres venir?

—Me gustaría verlo, pero preferiría en un lugar neutro. He aprendido que cuando una persona está en su territorio se le suben los humos. Tal vez otro día que quedéis en un bar iré contigo, si quieres.

—Mi hermano ya puede andar, no kilómetros,   pero sí un par de calles con cuidado. Podemos quedar en la cervecería que hay en su esquina. Yo me voy a ir a pasar el día con él. Llámame cuando vayas a salir del trabajo y nos bajamos a la cervecería y nos tomamos unas cervezas los tres. Tengo ganas de normalizar nuestra relación con respecto a él. Tú no has sido su novia ni su amante y si nosotros nos hemos enamorado no debemos sentirnos mal.

—Me parece bien—le digo, pues algún día tenía que enfrentarme a la situación.

Es cierto que tiendo a echarme las culpas cuando no cubro las expectativas de alguien. La vida, no obstante, no nos llega cuadriculada y perfecta. Iré a tomar esa cerveza con Daniel y Cristóbal. Y haré todo lo posible por ser yo misma y sentirme bien

Al llegar al trabajo veo al exmarido de Miriam en el lugar donde siempre me siento.

—Juanma ¿Qué haces en mi sitio?

El informático estaba medio dormido en mi mesa cuando he llegado.

—No he dormido nada pues necesitaba hablar contigo.

— ¿Sobre qué?—le pregunto de mal humor.

—Sobre Alberto.

—Si es para decirme que me engañó y tiene un hijo con una chica joven, que vive en Madrid y que a los Emiratos Árabes solo fue a celebrar la boda. No te molestes pues ya lo sé.

— ¿Te lo ha dicho Miriam?—me pregunta

—No recuerdo quien me lo dijo pero me da igual, ahora tengo una pareja nueva y estoy feliz. Le deseo lo mejor.

—Él quería llamarte para pedirte perdón—me dice Juanma

—Pues si lo ves o contactas con él, le dices que no se moleste. A quien tiene que pedir perdón es a sí mismo que es a quien se ha engañado. Yo no sospeché que me traicionaba pues entiendo que incluso si una persona quiere tener dos parejas y son consentidoras no hay nada establecido si hay amor. Pero la mentira me parece muy fuerte. No deseo volver a verlo y tampoco escuchar su voz.

—Él me va a llamar, me pidió te pusiera en antecedentes. —comenta mi compañero.

—Pues ya sabes la respuesta. No existe ninguna posibilidad de que cambie de opinión, así que le dices que me olvide como yo lo he olvidado a él. Sencillo.

Juanma se levanta de la mesa dándome toda la razón, por lo que espero que este doloroso y grotesco episodio de mi vida haya finalizado totalmente.

Por fin he conseguido rendir en mi trabajo como hace semanas lo hacía y he cumplimentado además numerosos pliegos de notas que deben quedar registrados en el ordenador y también impresos en los archivos. Me siento como si hubiera llegado a la meta después de una carrera y es que esta investigación además de bella es trabajosa y lleva emparejada muchas notas y referencias.

Le mando un mensaje a Cristóbal que estoy a punto de salir y que aunque tengo un aspecto de trabajadora estresada me voy a ir directamente a la cervecería. Antes de salir del edificio me paso por el aseo para colocarme un poco el pelo y pintarme los labios. En el aseo me encuentro con Laura y le digo que voy camino de su vivienda, que he quedado en la zona con Cristóbal y Daniel.

—Esta mañana he venido en autobús, así que me voy contigo para mi casa, si no te importa—me dice Laura.

—Genial. Nos reuniremos en la cervecería pegada a tu edificio, allí siempre hay aparcamiento.

—¿Ya has hecho las paces con mi vecino?—me pregunta mi compañera.

—Voy a ello.

—Te será fácil, sale con tu amiga, la rubia simpática que hizo en tu casa el confinamiento.

—Sí, se llama Miriam. Ya lo sé. Ella me tiene al tanto.

—Por cierto. Que fuerte lo de tu ex...Me he enterado por el insoportable Juanma, me lo expuso esta mañana antes de que tú llegaras pues tenía que decírtelo y estaba muy nervioso.

—Juanma es un cotilla. No tenía que decirme nada. Yo ya lo sabía.

—Se nota que ya no me cuentas tus cosas—me dice Laura

—Es un tema tan feo que no he deseado hacerle publicidad. Me da hasta vergüenza no haber notado nada. Entiéndelo

Laura me dice que es natural que no quiera hablar de algo tan fuera de lo normal. Le pregunto si se anima a tomar una cerveza y me contesta que está agotada. Últimamente, le veo un toque de resentimiento a mi compañera. Desde que su idea de pareja feliz "Daniel-Estrella" no resultó, pienso que no le caigo tan bien como antes.

Por fin Daniel se sostiene por sus propios pies. Me da alegría, ver a los dos hermanos charlando animadamente en la barra de la cervecería.

—Hola a los dos—digo acercándome a ellos.

Cristóbal me abraza y me da un beso en los labios. Yo me acerco a Daniel y le doy dos, un beso en cada lado de la cara. Nos sentamos en una mesa a propuesta de

Cristóbal que no desea que la pierna operada de su hermano de un paso atrás.

—Antes de nada Estrella— comienza a decir Daniel— deseo exponerte que me encuentro muy contento que tú y Cristóbal seáis pareja. Está claro que el Universo me había reservado solamente el papel de enlace para que os conocierais. Es cierto que al principio me sentí mal pues te consideraba una joven guapa e inteligente y pensaba que podríamos intentar conocernos, pero lo vuestro ha sido algo más profundo y yo por supuesto lo he superado y deseo llevarme bien contigo, como cuñada que eres mientras seas la pareja de mi hermano. Lo conozco y sé que te quiere de verdad.

—Yo también siento por él algo muy especial que nunca había sentido por nadie. No sé cuánto tiempo seré tu cuñada pero espero que mucho y también quiero ser siempre tu amiga. Y muchas gracias por entender que lo que ha surgido entre Cristóbal y yo es algo profundo que nos superó a los dos. No podíamos pararlo.

—Seguro que os irá muy bien juntos—añade Daniel.

—Os veo muy trascendentales. Así que voy a pedir unas cervezas más y unos langostinos recién cocidos—comenta Cristóbal al escucharnos.

Después de nuestra inicial puesta al día en los sentimientos. Daniel, Cristóbal y yo, nos tomamos unas cuantas cervezas con mejillones, langostinos y huevas fritas. Charlamos sobre la tienda de Miriam que va genial en sus ventas gracias a la propuesta de Daniel. Conversamos de la operación de la pierna y de las ocurrencias de Carlos, el hermano de ambos. Después Cristóbal nos enseñó unas fotografías del cuadro terminado que había hecho para mandárselas a su cliente, antes de que llegase el original y nos fuimos de la cervecería alegres y contentos.

De vuelta a casa, Cristóbal me dice en el coche que se siente muy conforme porque el capítulo con Daniel se halla cerrado bien. Yo también me siento más tranquila, le expongo. Ahora está todo claro y podemos ser unos cuñados normales.

— ¿Te irás cuando entregues este cuadro?—le pregunto de golpe

—Solo si tú me echas—me responde

—No voy a echarte—le manifiesto.

—Entonces no me iré—me dice mientras me aprieta una pierna en el coche y después me acaricia el pelo.

Nos recibe Trabo, dispuesto a que le pongamos su comida. Y tras alimentarlo y regar juntos las plantas del pequeño jardín nos ponemos a mirar el cielo y en especial la Luna.

— ¿Crees en Dios Estrella?

—En un Dios con aspecto humano que nos recibirá al morir y nos juzgará. No. Si creo en la posibilidad de algún tipo de Inteligencia Superior o de Conciencia Cósmica, pero no estoy muy segura. ¿Y tú, crees en Dios Cristóbal?

—Para mí Dios es sinónimo de felicidad. Creo que es un estado de los seres vivos que conecta con el gozo de existir.

—Sí, puede ser más o menos así...La felicidad tiene mucho de elección, uno puede decidir ver belleza o ver fealdad. En realidad el mundo es neutro desde mi punto de vista.

—¿Es nuestro cerebro el que dota de significado a las cosas?—pregunta mi enamorado.

—Yo pienso que sí, que las cosas que vemos son objetos y acontecimientos que no tienen una cualidad objetiva, no son buenos ni malos. El significado se lo da nuestra mente influida por nuestras creencias conscientes e inconscientes.

—Esta conversación es muy interesante, deberíamos seguir hablando del tema otro día. Ahora me muero de sueño...

Dormir con Cristóbal es una experiencia maravillosa, sus fuertes brazos rodeando mi cuerpo me provocan un placer que no había conocido antes. Los sonidos de su respiración me tranquilizan cuando los escucho entre mis propios sueños y puedo decir que a su lado el Universo se hace más pequeño y todo lo que siempre aspiré conocer a través de la Astronomía se encuentra ahora en este espacio-tiempo de mi dormitorio.

El miedo que siempre pensé tendría si llegaba a enamorarme ha salido de mi vida. El abandono no existe ya, porque por fin he aprendido que cada circunstancia o relación, dura lo que tiene que durar si hay amor. Ni más ni menos y es lo natural. El único amor que debemos mantener eternamente es el amor a nosotros mismos. Alguien me dijo la frase hace tiempo y no la entendí, pero hoy la veo claramente en este duermevela que me tiene abstraída antes de decidirme a salir de la cama.

Por fin salgo de la cama decidida a hacer un buen desayuno con café y tostadas, mermelada, mantequilla y paté a elegir. Preparo una bonita bandeja y se la llevo a Cristóbal a la cama.

— ¿Qué celebramos?

—Que la felicidad que llevamos dentro se está haciendo presente en nuestras vidas.

—Te has levantado impregnada de la conversación nocturna.

—He soñado con ideas metafísicas y amorosas—le digo

—Yo he soñado con que te pintaba. Era un gran cuadro con tu cuerpo desnudo envuelto en un velo de tul, rodeado de planetas, satélites, cometas y un gran sol que salía de tu cabellera.

—Píntame—le digo

— ¿Posarías para mí?

—Posaría para que me hicieras fotos y después, a partir de una imagen   que te guste, compones el cuadro. No tengo tiempo para posar horas y horas.

—Me parece estupendo. Este próximo sábado sesión fotográfica.

Nos tomamos el desayuno en la cama con nuevos proyectos de actividades para el fin de semana.

♥

Quedamos en casa de Miriam: Daniel, Cristóbal y yo. Ella está interesada en invitarnos a tomar un café o infusión con pasteles y ver el espectáculo que se forma en su casa con las bolas que ya sabemos que no son extraterrestres.

Cuando llega la hora indicada las esferas empiezan a reflejarse en el salón de Miriam y los hermanos Cristóbal y Daniel se quedan admirados pues parecen verdaderamente algo sobrenatural o extraterrestre.

Comenzamos a hablar de OVNIS y Daniel comenta que nunca lo había dicho para que no lo tomaran por loco pero que una vez vio una nave extraña que lo siguió por la carretera que comunica el pueblo de sus padres con la casa de campo donde viven. Estaba encima de su coche y lo acompañó un trayecto de varios kilómetros, serían las cuatro de la mañana.

—Yo era mucho más joven y venía de haber estado bailando en el pueblo con mis amistades. Nunca lo he contado hasta hoy, pero desde que me ocurrió el accidente con el coche en la farola, me siento distinto. No quiero vivir más cubriendo expectativas de los demás, ni tampoco normas sociales absurdas. La vida puede acabar en cualquier momento. Así que os he contado uno de mis secretos; algún otro día que nos reunamos os contaré alguno más.

—Me ha gustado mucho tu secreto—le digo—yo siempre he pensado que es imposible que no haya otros seres inteligentes fuera del planeta Tierra.

—A mí también me ha gustado oírlo— dice Miriam—yo tengo también secretos que nunca he dicho por temor a que me catalogaran mal.

—Pues os contaré yo otro gran secreto—dice Cristóbal—pero necesito un poco de teatro: cerremos las contraventanas y encendamos unas velas para dar un toque de misterio al secreto.

Entre los cuatro preparamos el nuevo escenario de los secretos.

—Hace unos meses, antes de venir a cuidar a mi hermano estuve en una fiesta que había organizado un amigo en una casa de campo. En la fiesta hubo mucha gente y lo pasamos muy bien bailando y bebiendo hasta altas horas de la madrugada. Sobre las cuatro le dije a mi amigo que tenía un colocón muy grande y que prefería quedarme a dormir allí. Mi amigo me dijo que sí, que si encontraba alguna cama que la cogiera ya que había gente dormida en algunos sofás y por las habitaciones. Me acosté en una cama pequeña que había en un cuarto en el piso de arriba. Estaba medio dormido y sentí que alguien se metía en la cama por un lado y al momento otra persona por el otro lado. La habitación estaba a oscuras, así que palpé primero el cuerpo de mi derecha y luego el de mi izquierda, ambos eran de mujeres. Así que me relajé. Durante la noche hubo movimientos en la cama y terminamos haciendo un trío y teniendo un placentero encuentro sexual. Lo más desastroso fue descubrir por la mañana, que una de las chicas era la novia de mi amigo. Por supuesto nunca se lo conté a nadie—dijo Cristóbal

—Seguro que la chica no sabía ni donde estaba de lo que habría bebido—añadió Miriam.

—Estrella te toca—dice Daniel

—Bueno, os voy a contar una cosa que no os imagináis de mí pues siempre he tenido fama de aplicada. Cuando estaba en la Universidad había una asignatura que era difícil aprobar, no por que fuese dificultosa sino porque los exámenes eran casi imposibles de superar. Así que copie. Es la única vez que lo hecho en mi vida.

—No te preocupes Estrella, no se lo vamos a contar a nadie—dice Miriam

—Bien, pues solo quedas tú—le contesto

—Antes de poseer mi tienda trabajé en una oficina y exigían haber tenido experiencia previa, dije que estuve en prácticas tres años en una empresa de mi tío, y no era cierto, pero gracias a ello conseguí el empleo. Nadie me preguntó nunca por la empresa y todo fue genial.

—Está bien dijo Daniel, tomemos una copa antes de irnos. He traído un licor con poco alcohol muy rico de nuestro pueblo, dijo señalando a su hermano.

Nos tomamos el chupito de licor y después Cristóbal y yo nos fuimos a casa pues por la mañana nos marchábamos de viaje al mar. Daniel dijo que se iba a tomar otra copa con Miriam y ella se mostró encantada.

Tras casi tres horas conduciendo a medias; estoy con Cristóbal junto al mar. Nos hemos venido a pasar dos días a una preciosa playa de la provincia de Cádiz, muy cerca del estrecho de Gibraltar.

Desde donde nos encontramos podemos ver África, concretamente los montes del norte de Marruecos. Cristóbal quiere hacerme fotos para su nuevo cuadro y nos hemos levantado muy temprano para llegar a la playa y posar desnuda junto al mar sin que haya nadie alrededor.

Cristóbal me fotografía de pie, sentada, andando, con los brazos arriba y abajo; dentro y fuera del mar. Cuando termina guarda la cámara cuidadosamente y se desnuda también, yo me quedo mirando su pecho musculoso y su vientre aplanado; sus fuertes brazos con un suave bello castaño y sus definidas piernas. Entra en el agua junto a mí y disfrutamos de un baño los dos juntos. El agua fresca se mezcla con nuestra excitada piel y nuestros besos son salados en esta mañana marítima. Al salir hace un poco de frío y nos vamos con las toallas al pequeño hotel que se encuentra muy cerca del mar.

El hospedaje tiene enormes ventanales desde donde se contempla un paisaje marino precioso y una arboleda de un verde exuberante. Todo está preparado para el gozo de los sentidos y yo no pongo resistencia. Hacemos el amor como solo con Cristóbal he hecho en mi vida. Pura entrega...

Aprovechando el fin de semana conocemos la zona: Bolonia y sus ruinas romanas, Vejer de la Frontera, pueblo blanco precioso situado en una montaña a pocos kilómetros del mar, El Palmar, una extensa playa con olas para sulferos y ambiente musical en sus pubs. Y el monumental faro de Trafalgar de treinta y cuatro metros, con su torre troncocónica.

Volvemos a casa con el material mental y fotográfico que mi pintor preferido necesita para comenzar su nuevo cuadro. Un cuadro que no tiene comprador como otros que realiza por encargo y que lo pintará para presentarlo a algún concurso interesante de los muchos que se organizan por el mundo.

Nada más entrar en casa Miriam me llama, me separo un poco de Cristóbal para hablar con ella y me cuenta que el último día que estuvimos en su casa, Daniel y ella durmieron juntos.

— ¿Pero hicisteis el amor o no Miriam?

—Claro Estrella, ya no soy una niña y él no es un tímido adolescente. Los dos hemos estado casados. Somos adultos. No íbamos a dormir juntos para cogernos las manitas.

—Vale, vale. Lo entiendo y me parece muy bien—le digo

—Me he enamorado un poco— me dice también Miriam

—¡Cuánto me alegro!—le digo sinceramente.

—Es un hombre muy amable y dulce. Para mí un poco serio quizás, pero voy a seguir para adelante. A ver lo que dura.

Me despido de ella diciéndole que le deseo lo mejor y que si tengo una tarde libre esta semana me voy a llegar a su tienda a hacerle una visita.

Después de estos dos días maravillosos junto al mar me encuentro con ganas de volver a mis observaciones de los anillos de Saturno y paso unos días absolutamente centrada en ellos mientras en mi casa Cristóbal prepara el nuevo lienzo y

Trabo lo mira atento desde su cama o desde la valla del jardín.

♥

El jueves por la tarde voy a ver a mi amiga Miriam a su tienda y al salir del aparcamiento donde dejo el coche, encuentro allí a mi ex novio Alberto, justo en el mostrador de recogida y entrega de tickets.

—¡Estrella, qué sorpresa!—me dice el hombre que me estuvo engañando casi dos años.

—Pues sí, no esperaba verte nunca más—le respondo, incrédula de verlo.

—Mujer, tampoco me he muerto—me responde Alberto, irritado

—Para mí, más o menos—le respondo hablando lo imprescindible.

—No podía decirte la verdad Estrella, entiéndelo. Yo mismo me metí en un callejón sin salida y no supe actuar mejor.

—Lo entiendo todo menos la mentira. Una persona puede enamorarse de alguien diferente a su pareja y querer dejarla pero no mentirle. Eso es muy cruel.

—El problema era que yo te amaba a ti, ella solo suponía en aquel tiempo, un pasatiempo para mí, pero se quedó embarazada—me dice Alberto como queriendo justificarse

—Dirás la quedaste embarazada, ella sola no creo que pudiera embarazarse—le digo contundente.

—No empieces con tu feminismo. —me responde

—Bueno Alberto, tengo que irme. Enhorabuena por el bebé—le digo dándome la vuelta.

Alberto me agarra el brazo y me dice que por favor me tome con él un café y hablemos un rato más. Yo lo miro a los ojos y me vienen a la mente aquellos buenos momentos que pasamos juntos y le digo que me tomaré un café pero que me espera una amiga y solo podré dedicarle quince minutos.

Nos sentamos en un bar cercano, el pretende cogerme la mano para hablarme y la retiro de inmediato. Se da cuenta de que no le valdrán más las mentiras y comienza a contarme que estaba arruinado y que la empresa del padre de esta chica a la que había conocido casi por azar, era una de las empresas más importantes de Emiratos Árabes y que era una oportunidad para desarrollar su carrera y que aunque él me quería y siempre le gusté, se dejó llevar por su realidad.

Le respondo que lo entiendo en parte, y que está bien; que puede pasar página y disfrutar de la vida tranquilo. Yo lo pasé mal al principio pues no entendí la marcha repentina a un país árabe tan lejano, pero ya lo he superado. Además estoy enamorada de nuevo y pasando un tiempo muy feliz, le digo. Podemos olvidarnos sin rencor, pero nunca podremos ser amigos. Entiéndeme tú a mí.

Se despide con un beso en la mejilla y salimos del bar cada uno hacia un lado. Doy un rodeo antes de entrar en la tienda de Miriam, pues no quiero que sepa dónde voy en el caso de que me haya seguido. Al llegar a la tienda, le cuento lo ocurrido a mi amiga. Ella está confeccionando un nuevo centro de mesa aprovechando que no tiene clientes en ese momento y me escucha atentamente.

—Me parece muy bien cómo lo has hecho con Alberto. A veces es mejor perdonar y pasar página. De qué te sirve sentir resentimiento si ya sabemos qué produce cáncer.

—Efectivamente, no quiero tener asuntos pendientes que me impidan disfrutar mí día a día, provoquen o no cáncer. Y cuando he entendido que sigue siendo un mentiroso, preferí decir adiós sin rencor, sus mentiras no le llevarán por buen camino.

— ¿Cómo te va con Cristóbal?—me pregunta ella.

—Siento tanta felicidad a su lado que a veces tengo miedo de estar soñando y no quiero despertar. Con él me siento diferente, más alegre, menos encorsetada, no sé... También entiendo que es difícil que esta intensidad pueda durar siempre.

—Su hermano me ha dicho que nunca lo ha visto tan enamorado de ninguna chica como lo está de ti. Y les ha comentado a sus padres por teléfono, que vayan ahorrando para una boda cercana.

—¡Que ganas de bromas tiene Daniel!

—¡Yo también me encuentro muy feliz Estrella!—me dice Miriam sonriendo mientras me narra su época dorada.

Se encuentra eufórica, no solo ha encontrado un novio sino también un diseñador para su tienda.

♥

Cristóbal se ha pasado dos meses pintando el cuadro donde mi imagen está en primer plano. Mi cuerpo desnudo tapado con un sutil velo y rodeado de planetas es puro arte. Mi rostro semioculto por una cabellera más larga que la real me permite seguir siendo una persona anónima. Ha enviado una copia por internet para un concurso a Boston y está preparando el cuadro para su envío a EEUU.

—Si ganas el concurso, me gustaría acompañarte a Boston a recoger el premio— le digo.

—Por supuesto. Iremos los dos. Tú eres mi inspiración, mi duende...

— ¿Crees que ganarás?—le pregunto

—No tengo muy claro cómo va este concurso, es la primera vez que me presento. De todas formas con solo quedar finalista ya es muy bueno, pues allí se vende mucha pintura, no es como aquí. Me vendrían muy bien los 100.000 dólares del premio pero no podemos esperar tener tanta suerte, aunque el cuadro es mágico. Según me ha explicado mi representante, es la frase que han expresado los organizadores. "A magic painting".

—¿Saben el nombre del pintor o seleccionan el cuadro por sí mismo?

—En esta ocasión saben el nombre y el currículo del pintor. — me contesta.

—¿Has ido antes a Boston?— curioseo

—Una vez fui a EEUU y visité New York y más tarde Boston. Es la capital de Massachusetts y su ciudad más grande, tiene un núcleo de rascacielos y luego muchos barrios periféricos donde viven más de cuatro millones de personas. Residen allí muchos burgueses que invierten en arte, pues es uno de los grandes centros financieros del mundo.

Después de enviar el cuadro a Boston, Cristóbal me dice que va a irse a pasar unos días con sus padres y su hermano Carlos. Necesita un cambio de aires, estar en el campo y pasear por los cerros.

Me despido de él con cierto miedo. Tal vez no vuelva más, me digo a mi misma cuando lo veo montarse en el taxi para coger el tren. Se ha llevado solamente una mochila con una muda y ha dejado en mi casa sus paletas, sus pinturas, sus bastidores y sus lienzos en blanco, pero una corazonada extraña me embiste en esta partida de mi pintor preferido.

Me quedo mirando un rato la calle sin Cristóbal al arrancar el taxi y cuando me doy cuenta que se ha ido de verdad entro de nuevo.

Siento mi casa en soledad y me invade una sensación agridulce. Los besos de Cristóbal y sus bellas palabras dispuestas para mí y que hoy faltan, se entremezclan con una sensación de libertad, de posesión y de mando absolutos del espacio que habito y del tiempo que ostento. No hay indicios que me hagan pensar que Cristóbal no volverá a vivir conmigo en esta casa, pero lo presiento. A veces mi inconsciente me manda señales de percepciones que ha tenido más allá de la mente racional.

Saturno si está a mi lado. Separado del sol por 1.434 millones de Kilómetros reside en mi pensamiento más cercano. La atmósfera de Saturno posee enérgicos vientos que están dominados por una fuerte corriente ecuatorial. Y se extiende sobre todo el planeta una niebla uniforme. Hay también en Saturno huracanes y grandes tormentas. Hoy puedo observar a Saturno también a simple vista en el cielo nocturno, como un punto luminoso sin parpadeo, que brilla y amarillea. Lo saludo sabiendo que en mi vida también hay ahora una niebla envolvente por la marcha de mi enamorado y me voy a dormir.

A las cuatro horas de su marcha, recibo un mensaje de Cristóbal con un simple "Buenas Noches".

Le contesto igual "Buenas Noches".

Me voy al trabajo con el nudo en la garganta otra vez. Ya he pasado por aquí me digo, pero no puedo evitar ponerme a llorar en el coche. La vida te da regalos y después te los quita, voy diciendo en voz baja mientras conduzco y lloro.

Pasan días de trabajo intenso donde de vez en cuando llegan algunos mensajes de Cristóbal. Todos ellos muy insustanciales. Todos ellos muy lacónicos. Lo sabía...me digo y le contesto siempre, pero le contesto desde la misma posición. Breves palabras intrascendentes. Y van pasando los días y al cabo de dos semanas, Cristóbal me llama y me dice que no ha ganado el premio pero que va a Boston pues le van a hacer un gran encargo y ha vendido también el cuadro.

Cristóbal no me ha dicho que lo acompañe. No me ha dicho que soy su duende y que como ha vendido el cuadro quiere hacerme partícipe de ello. Se ha callado y yo ya lo sé todo. Sé que no volverá y que nuestro idilio ha terminado.

Llamo a Miriam para ir a verla pero se encuentra en Holanda. Daniel insistió en que debía visitar a su padres y hermanos. Él la acompaña y se quedan en un hotel en Ámsterdam, junto a los canales. Van camino de la Plaza Dam y después van a ver Museos, me cuenta al coger mi llamada. Cree que Daniel quiere ver cuadros de Van Gogh y de Rembrandt. Mañana veremos a la familia, me comenta y yo me despido deseándole mucha felicidad y empatía familiar.

He salido con botines para andar por la ciudad y se me ocurre pasarme por casa de Laura, pero cambio de idea. Desde que dejé de salir con Daniel nuestra amistad se hizo mucho más fría y con Miriam ocurrió todo lo contrario. La amistad y el amor siguen un juego parecido: contactos y retiradas, llegadas y despedidas, reencuentros y olvidos.

Mientras vuelvo a casa caminando de prisa, mi mente se pregunta ¿Por qué me ocurre esto?, ¿Por qué se ha ido sin explicar nada?, ¿Por qué no me ha dicho que lo acompañe a Boston?

Mi impulso natural es llamarlo pero ¿Qué le digo?, ¿Le comento que no me gustan sus mensajes escuetos? ¿Le señalo que me llamó su duende y dijo que iría con él a Boston y ha cambiado de idea sin decirme nada? ¿Le digo que le echo de menos?... en ese momento me llega un mensaje suyo:

—"Estrella estoy en Boston, hoy tengo un día muy atareado, ya te escribiré, Bs".

No sé qué contestarle a este hombre que no se parece a Cristóbal. Incluso deseo mandarlo a la mierda. Me retengo. No le respondo. Guardo el teléfono y decido pensar mejor la respuesta. Sigo andando a paso rápido por las calles hasta llegar a mi casa donde me espera Trabo en la valla y se baja al verme entrar para rozarse con mis piernas y darme de esta forma la bienvenida.

Leo otra vez el mensaje de Cristóbal. No puedo responderle nada, no me sale ninguna respuesta...

Es sábado y me voy a tomar una tapa al bar que descubrí con Cristóbal. Hay gente dentro y algunas personas bailando en la pequeña pista de baile, a pesar de ser medio día. Pido la misma tapa que pedí con él y una cerveza. Mientras bebo observo a la gente bailar. Se me acerca un chico y me dice que se me notan las ganas de mover el esqueleto, que si bailo con él. Cuando termine la tapa, le digo.

Se sienta y me mira fijamente, esperando para bailar conmigo. Lo miro también, es joven y pienso que se cree guapo. No me siento atraída por él pero bailo a su lado un par de canciones.

La música suena fuerte y me dejo llevar.

El chico intenta ligar conmigo a través del baile, cuando se acerca mucho salgo de la pista, cojo mi bolso, pago y me voy. Antes de salir me pregunta que si ya me he cansado de bailar y le digo que sí. Pone cara de frustrado pero se va sin decir nada. ¡ Menos mal!, no tenía ganas de inventar escusas.

Vuelvo a casa cansada, triste, inquieta y decepcionada de la vida. Me duermo una merecida siesta. Al despertar me preocupa no dormir de noche, pues la siesta ha sido larga, pero dispongo que me tomaré un "tranquilizante" a las doce si no he conciliado el sueño.

En un descanso del trabajo en una de las mañanas melancólicas desde que se marchó Cristóbal, miro mi correo electrónico sin esperar nada nuevo en el día. Es una jornada de color gris debido a numerosas nubes que no dejan ver el cielo y por mi triste corazón; pero al mirar veo que tengo una carta suya. Me pongo nerviosa y resuelvo dejarla para leerla tranquilamente en el rato de la comida.

He comprado una hamburguesa y un refresco y me he sentado en un banco de un parque cercano para leer la carta de Cristóbal, lejos de mis compañeros.

Saco nerviosa el móvil y comienzo leer...

"Querida Estrella:

Espero que te encuentres bien. Te preguntarás porqué no he contactado antes contigo de una forma más intensa que la que he utilizado. Yo también me lo pregunto pues hoy desde aquí, desde este hotel de Boston, te recuerdo como la persona a la que más he admirado y querido desde que estoy vivo. No sé lo que me ha pasado. Llegué en primer lugar a casa de mis padres y me dediqué a dejarme cuidar y a salir con mis amigos. Después la oportunidad de vender el cuadro a buen precio aquí en EEUU me ha hecho separarme aun más de ti. No sé si necesitaba unas vacaciones pues nuestro amor ha sido muy intenso o tal vez mi absoluta entrega a la pintura de este último cuadro y a ti, ha hecho que me olvide de mí mismo. Te juro que no lo sé. Pero es cierto que no he podido contactar antes contigo pues no sabía lo que me estaba pasando. Pero hoy he decidido que al menos te mereces que te explique esta anomalía que me invade. Me hubiera gustado decirte que vinieras conmigo a este viaje, pero no hubiera sido sincero. Necesito estar solo un tiempo y aclararme.

Un abrazo fuerte. Cristóbal"

Me quedo tan herida que aviso al trabajo. Le mando un mensaje de móvil a mi coordinador "Me voy a casa pues tengo un poco de fiebre".

Al llegar cojo un rollo de papel higiénico y me pongo a llorar en el sofá. Sigo sin entender nada pero me agrada que al menos él me haya dicho que está confundido. No sé qué hacer. Al rato de mirar el techo, saco una libreta y comienzo a escribirle una hipotética respuesta.

"Querido Cristóbal: He leído tu carta y he llorado. Yo tampoco entiendo muy bien lo que ha ocurrido pero de alguna forma lo esperaba. No puede haber un amor tan intenso por un largo plazo. Sería mucho pedir. Ha sido muy bello. Yo he disfrutado muchísimo a tu lado, pero detrás de un gran contacto siempre acontece una retirada, son leyes de la física y ocurre hasta en los planetas.

Te deseo todo lo mejor en Boston. Lo superaremos. Le daré tus cosas a Miriam para que las deje en casa de tu hermano. Me quedaré con tus recuerdos y seguiré mi vida.

Un abrazo Estrella"

Me siento mejor. He roto oficialmente con él pero con mucha dignidad. Es mejor romper que andar con esperas, me digo. Lloraré un poco más y seguro que la vida me sorprenderá de nuevo. Decido pasar la carta a mi correo y se la envío.

Duermo plácidamente por primera vez desde que Cristóbal tomó el taxi para irse unos días. Me levanto con ganas de hacerme un buen desayuno y dejo que Trabo se coma su latita de paté dentro de la cocina. Deseo estar acompañada.

Utilizo una ropa más sensual que otros días y me peino con un moño recogido. Sé que solo voy a trabajar pero necesito que me miren. No quiero dar pena. No deseo que se note mi tristeza.

Llego al trabajo para comenzar una nueva investigación. El encargo sobre las anomalías en los anillos de Saturno ya lo he finalizado y entregado para su supervisión. Voy a comenzar a observar a nuestro Sol y el comportamiento de su radiación electromagnética. Hoy me ha llegado el material inicial para ponerme al día.

El Sol es una estrella que se encuentra en el centro de nuestro sistema solar y constituye la fuente principal de radiación del sistema planetario donde vivimos. Está compuesto en su mayor parte por hidrógeno y helio. Se formó hace 4.600 millones de años. Y es una enana del tipo G2V. Es una esfera casi perfecta con un movimiento convectivo interno que genera un campo magnético. La energía del sol sustenta a casi todas las formas de vida y determina el clima y la meteorología de los planetas. Tiene una edad intermedia y dentro de aproximadamente cinco mil millones de años comenzará a cambiar....

Laura se acerca a mi mesa y me dice que sabe por Daniel, que su hermano está en Boston promocionando su último cuadro.

— ¿Estás ahora sola?—me pregunta

—Pues sí, estoy sola ahora, pero bien. A veces una necesita silencio y tranquilidad— le contesto

—Y que lo digas, lo bien que me encontraría yo sola un tiempecito. Los niños llegan con una energía increíble y ahora como no puedo llevarlos al parque, pues los han cerrado por lo del virus, los tengo toda la tarde correteando por la casa. Con decirte que sueño con venirme a trabajar...

—Me lo imagino. Los pobres niños, es una pena que no puedan salir y te entiendo a ti perfectamente—le digo haciéndome una idea.

—Ayer me tomé un ansiolítico. No podía más con mis nervios.—me cuenta Laura.

— ¿Ya han vuelto Daniel y Miriam de Holanda?—le pregunto cambiando de tema.

—Sí y por lo visto lo han pasado genial. Daniel parece otro.

—Que bien—le respondo mientras da la vuelta para irse a su mesa.

Me pongo muy contenta por saber que Miriam está de vuelta, la llamaré esta tarde, necesito hablar con una amiga.

El trabajo con nuestro blanco sol al que al mirarlo vemos amarillo pero que en realidad es tan caliente que emite luz blanca, me proporciona un nuevo entretenimiento que me tranquiliza y me ilusiona, por lo que salgo del trabajo relajada. Mientras voy andando por el pasillo de salida mi joven compañero Luis, un chico alto y escuálido que ha empezado a trabajar aquí hace unas semanas me llama y yo espero que me alcance en el pasillo.

—Sabes Estrella que te queda muy bien el moño—me dice

—Eres la única persona que se ha fijado que he cambiado de peinado. Muchas gracias Luis. ¿Cómo te encuentras aquí?

—Ya bien, los días iniciales me sentía torpe y no encontraba nada. Además no conocía a nadie, pero poco a poco me estoy adaptando—me cuenta.

—Nos pasa a todos. ¿Eres de aquí?—le pregunto pues tiene un acento más bien del norte.

—Soy de Zamora, aunque he estudiado en Berlín la carrera y el doctorado en Múnich. He alquilado aquí un piso junto a la Avenida de Capuchinos ¿vives cerca?

—Si, a cien metros. Si no tienes coche te puedo llevar. Antes venía en autobús pero ahora con lo del virus siempre vengo en coche, es mejor procurar no estar demasiado cerca unos de otros.

—Te lo agradecería mucho.

Luis es más charlatán de lo que parece a simple vista. Me ha contado su vida en el coche de camino a su casa. También me ha preguntado si estoy casada o vivo en pareja, le he respondido que en estos momentos no, sin dar muchas explicaciones. No le he propuesto llevarlo por las mañanas en mi coche al trabajo, pues no sé si será puntual y no quiero llegar tarde, pero a las salidas le he dicho que se puede volver conmigo si terminamos a la misma hora.

Tengo en el móvil un mensaje de Cristóbal. Le pongo la comida al gato y me siento a leerlo:

"No le mandes mis cosas a mi hermano, déjalas un mes en tu casa; es lo que voy a tardar en volver a España. Yo me paso por allí. Por favor "

Le respondo un solo "OK".

Me apetece que Cristóbal venga a recoger sus cosas, eso me permitirá mantener con él una conversación y poder aclararme qué es lo que ha ocurrido entre nosotros. No es fácil aceptar un cambio tan brusco. Me imaginaba que algo tan intenso como era nuestro amor no podía durar demasiado tiempo pero lo que "no" ha ocurrido me parece complicado de razonar. Tampoco quiero instalarme en el rencor, es una manera de huir, ya lo he probado otras veces. Te vas llenando de una falsa dignidad para suplir la carencia y aumentas tu ego desde un papel de víctima. No quiero entrar en ese juego, no lo veo inteligente ni sano, prefiero hablar y entender. No me arrepiento tampoco de haberme entregado al cien por cien a Cristóbal, creo que él también lo ha hecho y que la separación ha sido inevitable para los dos. Tal vez ha sucedido porque no queríamos deslucir una relación perfecta ¿quién puede imaginarse los motivos?

Mis venidas del trabajo acompañadas de Luis me entretienen bastante, él me cuenta cosas de su vida en Berlín, del trabajo que le costó aprender el alemán, a pesar de saber francés e inglés, lo cual le ayudó. Es un chico muy inteligente. Me ha comentado que es gay y ello me hace sentir más libre con él. Lo invité ayer, al volver en el coche, a comer mañana juntos en mi casa, para ello vamos a trabajar una hora menos de la jornada laboral mañana y hoy nos hemos quedado una hora más para recuperarla. Esta tarde tengo tarea en la cocina.

Estoy haciendo una crema de judías verdes con gambas para la comida que mañana tengo con Luis, mi agradable compañero de trabajo, mientras suena en la radio una preciosa canción. La autora canta que el presente es lo único que tenemos y que a veces la vida no nos da el tiempo necesario, dice también que en realidad el presente es lo único que hay. Y creo que tiene toda la razón.

Llamo a mi amiga Miriam que habrá cerrado ya su tienda y hace tiempo que no sé de ella. Se alegra de escucharme y me cuenta que ha estado con su padre y sus hermanos cenando en un restaurante en Ámsterdam. La reunión fue un poco fría pues sus hermanos no hablaban apenas español y tenía que traducirlos su padre, al igual que a ella. No le pareció bien que no se reunieran en su casa, pero la actual mujer de su padre no es muy simpática. Al menos le regaló su padre un bonito recuerdo.

—¿Qué te regaló?—le pregunto con curiosidad.

—Unos pendientes de oro blanco con unas gemas muy bonitas. Eran de su madre. Me dijo que me los pusiera en mi boda.

—Un bonito regalo—le digo a mi amiga

—Lo mejor es que Daniel me dijo que tendríamos que casarnos para poder usarlos.

—¡Pero esto va rápido Miriam!.

—Le he dicho que como los dos hemos estado casados no hay prisas. Y él se ha alegrado, de todas formas lo siento muy bien cuando está conmigo y yo igual cuando estoy con él. Es una relación muy tranquila—me explica.

Le hablo a mi amiga de mis últimos contactos fútiles con Cristóbal y no da crédito. Por Dios, no puedo ni creerlo, expresa en voz alta "¡qué frágiles son las relaciones humanas!". Me pregunta que cómo me encuentro y le expreso que he pasado unos días con una pena infinita pero que ahora me siento mejor. Eso no quiere decir que vuelva a conectar con la tristeza mañana o pasado. Pero he aceptado la realidad e incluso te diría que de alguna manera lo presentía.

Miriam quiere que cenemos juntas mañana pues me ha escuchado por teléfono un tono muy desmejorado, pero la he tranquilizado.

—Aunque me siento triste, no me encuentro mal. Lo superaré.

Mañana será un día muy completo, además de trabajar tengo comida con Luis, mi nuevo amigo y sesión de peluquería por la tarde.

Mi compañero se ha quedado admirado con mi casa y con mi gato. Cuando le he enseñado mi vivienda, me pregunta Luis qué cómo puedo tener en propiedad una casa tan bonita si ganamos muy poco. Le explico que mis padres murieron en un accidente, ante lo cual se queda muy apenado. También le comento que heredé la casa de mis padres y la vendí y compré ésta nueva para mí.

Luis es un chico muy agradecido y la comida le supo a gloria. No lo ha pasado bien en su infancia por su homosexualidad pero ahora se encuentra muy conforme. Sale algunas noches y suele ligar sin problemas, a pesar de que sabe que no es especialmente atractivo. Me explica que ligar entre homosexuales es más sencillo que entre heterosexuales.

—¿Te has enamorado alguna vez?—le pregunto

—De un ligue no. Pero he estado enamorado platónicamente de un compañero de estudios durante años. Pero a él no le gustaban los hombres, solo las mujeres.

—Las cosas del amor….

— ¿Desde cuándo no tienes pareja o novio?—pregunta mi compañero.

—He vivido unos meses de un intenso amor. El amor más penetrante que he experimentado en esta vida. Mi enamorado se ha ido a Boston por trabajo y no hemos roto pero casi, pues lo noto algo distinto en sus mensajes. Vendrá dentro de poco y hablaremos, pero presiento que por alguna razón que desconozco la relación ha terminado.

—A veces la intuición es desacertada. — me dice

—A veces sí y a veces no.

—¿Le quieres todavía?—me pregunta.

—No lo odio. Sí lo deseo. Pero no sé si le quiero.

—Te entiendo—responde Luis.

Le digo a Luis que lo invitaré a comer otro día o a cenar pero que esta tarde tengo una cita de peluquería. Cuando me siento triste me arreglo el pelo, le comento.

Al salir de la peluquería me encuentro con Daniel, quien se queda mirando mi nuevo color de pelo y dice que estoy más guapa si cabe. Nos tomamos una infusión, me habla todo el tiempo del viaje a Ámsterdam y curiosamente no me pregunta por Cristóbal.

.   ♥

Daniel no me preguntó por su hermano, Miriam sabía lo que ocurre entre Cristóbal y yo y seguramente se lo ha comentado; así que he supuesto que su silencio es sinónimo de que no es la primera vez que al "amante perfecto" le ocurre esto de cambiar de tercio tan rápido. Está claro que debo tener una tendencia innata a enamorarme de hombres complicados, pues la doble vida de Alberto tampoco es muy usual, o eso creo al menos.

Estoy tan cansada…Entre el trabajo, la comida con mi compañero Luis, la charla con Daniel y mis pensamientos repetitivos, que caigo en la cama redonda.

Afortunadamente mi mente ha cesado de pensar obsesivamente en Cristóbal un rato y ello me ha permitido dejar de sufrir un poco.

La luminosidad que nuestro sol emite en un segundo, es su potencia. Gracias a comparaciones con objetos que emiten luz podemos saber su edad y lo que previsiblemente le queda de vida. Esta luz que emite nuestro sol es la propagación de una perturbación que trasfiere energía y está formada por fotones. Cuando la luz viaja actúa como una onda pero cuando es absorbida por los objetos actúa como una partícula...

El trabajo es el centro de mi vida y es aquí donde puedo sentirme yo misma sin tapujos. Los astros nunca te decepcionan, por el contrario siempre te sorprenden.

Después de días absorta en mi estudio de la estrella de nuestro sistema, que nos ilumina, y donde mi único entretenimiento han sido las charlas con Luis, al que afortunadamente transporto a su casa con mi coche a la salida del trabajo; me llega otro mensaje de Cristóbal:

"Estoy en casa de mi hermano, llegué ayer pero no quería molestarte pues el avión se retrasó y perdí el tren. Tuve que coger un taxi para llegar y eran las 12 de la noche. Ya hoy más descansado te escribo para concretar cuando podemos vernos"

No habla de recoger sus cosas, pienso al leerlo, a la vez que el corazón se me acelera. No sé cuando decirle que quedemos. Voy a hacerlo sufrir un poco. La excesiva bondad tampoco es buena, la gente te puede tomar por tonta .Una vez leí en un libro que para que las relaciones vayan bien "de lo bueno hay que devolver más cosas buenas, pero de lo malo hay que devolver un poco menos, pero no nada, pues si no devuelves algo de maldad, te crees mejor que el otro y éste se aleja". Sigo este sabio criterio y le respondo:

"Hola Cristóbal. Estoy un poco liada hoy y mañana, si quieres puedes pasarte pasado mañana a las siete de la tarde".

Me responde que con un "OK".

Cuando le cuento a Luis en el coche mi respuesta a Cristóbal, me dice que soy una mujer muy lista, que la frase del libro que leí es genial y que el haber reparado en ella denota mi inteligencia. Me río a carcajadas y él me acompaña. Después nos vamos los dos a tomar una tapa a un bar cercano a su casa.

—Yo me tomo una hamburguesa y ya estoy comido—expresa Luis.

—Me voy a pedir otra, quiero estar fuerte para cuando venga Cristóbal a recoger sus cosas.

—Te invito yo que para eso me traes en tu coche a diario.

—Si me lo llegas a decir hubiera pedido postre— le comento.

—Cuando cobre mi primer sueldo, pues aún no me han pagado por el retraso burocrático, te voy a invitar a cenar en tu restaurante preferido.

—¿El restaurante de Violeta?

—Por ejemplo—me responde Luis

—Pues ya te digo que acepto—le respondo contenta.

—Y comeremos esas croquetas que hace la dueña de las que me has hablado— me anuncia mi nuevo y divertido amigo.

Este chico se está convirtiendo en el mejor amigo de mi trabajo. Casi siempre nos tomamos juntos el pequeño descanso de la mañana, pues Laura sigue distante conmigo y suele irse con su compañera Fátima a fumar un cigarrillo. Como yo no fumo prefiero sentarme en el sofá de hall del edificio y relajarme escuchando las anécdotas de Luis, quien lo mismo habla de política, de enamorados, de física cuántica o de chismes del personal. Con él es imposible aburrirse, además a veces nos comunicamos en inglés para practicar el idioma. (What fun things are you bringing today Luis)¡Todo un lujo!

Cristóbal llama puntual a mi puerta a la hora convenida. Está guapo a pesar de que su piel se encuentra más blanca que cuando se fue. Trae su pelo recogido en una coleta aunque él sabe que a mí me gusta su moño. Lo que significa que no viene a complacerme. Le digo que pase y al entrar saluda a Trabo. El gato lo reconoce y se pone contento.

—¿Cómo estás?—me pregunta sin atreverse a abrazarme.

—Bien—le respondo fríamente.

— ¿No me has echado de menos?

—Por supuesto que sí—le respondo sin dudas.

—Te veo genial, con el nuevo color de pelo—pasea en círculos— Te quiero pedir perdón, me he comportado como un estúpido.

—Me da la sensación de que es tu manera usual de actuar con las mujeres—le digo sin rodeos.

—Eres la única mujer de la que me he enamorado, mis otras relaciones han sido breves y mucho menos satisfactorias.

—Para mí también ha sido una relación muy especial. He de decir que a tu lado me he sentido muy bien y me creía muy enamorada.

— ¿Qué nos ha pasado entonces?—me pregunta

—No hables en plural Cristóbal y hazte responsable, pues quien ha cambiado radicalmente has sido tú—le corrijo.

—Es cierto. Comencé a necesitar espacio para mí, unas vacaciones o algo así, tal vez libertad...No te puedo decir otra cosa. Pero entiendo que tenía que haber dado la cara, decirte antes lo que me ocurría. Lo siento Estrella. He sido un egoísta.

—Ser egoísta, desde mi punto de vista, es vivir lo que has vivido pero dando algún tipo de explicación o de descripción. Lo que tú has hecho ha sido lastimarme gratuitamente.

—No era mi intención, lo siento—dice

—Está bien Cristóbal. Creo que la cosa está clara entre nosotros. Coge tus cosas y cerremos el tema, ya no tiene solución.

— ¿Estás segura de que no quieres que me quede?—me pregunta para mi sorpresa.

—Muy segura, para mí ya no eres el mismo, te noto absolutamente diferente. Es más, hasta pienso que es posible que te haya abducido un extraterrestre—le digo con cierto humor—.Mi corazón ya no late cuando te miro…

—Por lo menos déjame invitarte a comer— me dice

—Hoy no, tal vez más adelante. Necesito asimilar este cambio lentamente.

—Te llamaré—me dice mientras sale con todas sus cosas.

Me quedo en el porche con el gato, pensando si lo que viví con él no fue una fantasía. Me ha resultado tan estúpido este Cristóbal que ha llegado de Boston. Hasta me dieron ganas de pedirle una parte del dinero de la venta del cuadro por los derechos de imagen. Me corté pues prefería que se fuera pronto. No quería llorar delante de él. No quería mostrar mi debilidad ante alguien que me ha decepcionado tanto.

Me sirvo una copa de vino. Necesito algo de ayuda externa para pasar página. Me pongo una música rítmica y a bailar en el salón hasta que me quedo sin energía y me paro para dormir un rato en el sofá.

Sueño que Cristóbal llega a su pueblo en un tren y que éste y todos sus viajeros son abducidos por una inmensa nave extraterrestre. Los llevan a una estación espacial cerca de Marte y hacen experimentos genéticos con todos ellos. Algunas mujeres son inseminadas con espermatozoides alienígenas y varios hombres son implantados con diferentes microchips en el cerebro. Después devuelven el tren al lugar donde lo dejaron utilizando un portal de la novena dimensión del Universo.

Me despierto sudando y me alegro de que todo sea un sueño, pero me queda una duda pues obviamente el Cristóbal que he visto, no me parece el mismo hombre que conocí. Llamo a Miriam y se lo cuento.

—Estrella, te has quedado dormida y has soñado. No le des más vuelta o te vas a volver loca. A veces los hombres se comportan extrañamente y tu enamorado Cristóbal no es una excepción amiga mía.

—No me lo puedo creer, cuando se enteró de lo de Alberto, me dijo que era un miserable y que él nunca me dejaría. Me dijo que era su duende y que nuestro amor era místico. —le digo con lágrimas en los ojos.

—Te llevo casi cinco años— me dice mi amiga—y he tenido más novios que tú. Incluso he estado casada y no hace mucho que me utilizaron como a una colegiala. El hecho de que seas científica y de que te hayas pasado mucho tiempo con libros, no significa que conozcas a los hombres. Nuestro inconsciente lleva con creencias falsas desde hace muchos siglos y somos por naturaleza demasiado buenas y crédulas.

—Será así—le respondo enajenada.

—Mañana no he quedado con Daniel ¿Quieres que vayamos de compras? te vendrá bien.

—Sí, sí, es una buena idea—le respondo.

—Me paso por tu casa al cerrar mi tienda a las siete y vamos al centro comercial nuevo que lo cierran a las once.

—Te espero preparada y con la tarjeta de crédito—le digo intentando motivarme.

Esta noche no puedo dormir, temo tener otro sueño con las abducciones. Lo pasé fatal viendo fecundar a mujeres terrícolas y aunque no sea algo real mi mente se comporta como si así fuera. El ver a Cristóbal tan distante, él que ha estado en mis brazos y en mis entrañas, no me parece creíble. Lo estoy pasando peor que cuando se fue Alberto, al menos con él sufría solo por mi soledad, pues mi relación era más distante, más simple. Pero con Cristóbal pensé que era mi alma gemela, mi media mitad, algo sublime que sin merecerlo, llegaba a mi monótona vida. Y ahora resulta que soy una más de su juego macabro, un juego del que ni siquiera se da cuenta...es algo que le ocurre como a quien le da fiebre de vez en cuando y cambia de tercio, de pensamiento, hasta de tono de voz. Su suave y melódica voz se ha transformado en seca y estropajosa.

Me voy a mi pequeño jardín a mirar un rato el cielo. Desearía ver un ovni y que se posara en él y me llevara a través de agujeros de gusano a otro espacio del Universo. Necesito olvidar este amor truncado, disolverlo en un acontecimiento aún más fuerte, volver a mirar con alegría a la gente, comer con placer. El gato se sienta a mi lado "estamos otra vez solos, tú y yo", le digo.

Llaman a la puerta del jardín. No espero a nadie. Ni tengo ganas de ver a persona humana. Solo deseo visitas de otros mundos.

Vuelven a llamar. Me levanto con desgana y es Cristóbal.

— ¿Qué haces aquí?—le pregunto sorprendida de verlo.

—No podía dejar de despedirme, me voy de la ciudad.

—Bueno, entra, me coges en baja forma.

— ¿Te pasa algo?—me pregunta preocupado.

— ¿Qué quieres que me pase? ¿Es que de pronto te has vuelto estúpido?—le digo en un tono grotesco y concluyente.

—Te vi fuerte y contundente —me dice temeroso.

—La vida no es uniforme y nuestras sensaciones menos—le respondo dolida.

Se acerca e intenta abrazarme.

—No te acerques Cristóbal, no puedo tenerte cerca. Hay una herida abierta muy grande. No sé quién eres ni qué pretendes, estoy desconcertada contigo

—Solo deseo decirte adiós como te mereces—me responde absurdamente.

—Yo no merezco que me digas adiós. Era tu duende, tu amor ¿Qué cojones te ha pasado? Háblame con sinceridad, si quieres que siga este encuentro, esta charla o lo que sea.

Cristóbal se pone a llorar como un niño, grita, patalea, se tapa la cara. De pronto me mira y dice:

—He tenido una aventura con un hombre.

— ¿En Boston?—le pregunto sorprendida y entre lágrimas.

—No, en mi pueblo.

— ¿Te has enamorado de él?

—Creía que sí, me acompañó a Boston y por eso no quise llevarte. Ahora al verte a ti, ya no sé nada. No sé ni quién soy—responde entre lágrimas.

—Por casualidad, las dos mujeres que entraron en tu cama, de las que hablaste el día que contaste tú secreto, ¿eran dos hombres?

—Sí. Me acosté con uno de ellos. Después salí de allí sin querer aceptarlo, me vine aquí a cuidar a mi hermano y te conocí a ti. Al volver al pueblo me lo encontré—me revela

—No era con la novia de tu amigo con quien te acostaste, era con él. ¿No?—le apunto

—Exacto.

—Me voy a la cama a dormir, estoy agotada. Si quieres puedes quedarte en el sofá y seguimos hablando mañana. O si tienes claro que quieres seguir con tu amigo vete y dime adiós.

—Quiero seguir hablando mañana, dormiré en el sofá. Yo también estoy agotado. Retrasaré mi marcha— me dice llorando.

Le saco una almohada y una manta. Cristóbal se echa en el sofá y lo arropo como si fuera un bebé. Me dice "gracias" con la voz de siempre. Creo que ha vuelto Cristóbal, no sé si se irá con su amigo o se quedará, pero al menos es él y estoy contenta.

Me levanto y encuentro a Cristóbal aún dormido en el sofá. Preparo un café y unas tostadas, arreglo dos bandejas y las llevo al salón. Él se despierta con el olor a café. Cuando coloco las bandejas en la mesa del salón.

—¿Celebramos algo?—me pregunta desalentado

—Sí, tu sinceridad—le respondo.

Desayunamos con apetito pues los misterios resueltos dan hambre. No sé si decirle que se quede, que se vaya o qué. Tampoco sé si él quiere quedarse, irse o qué.

— ¿Tienes planes?—le pregunto.

—No. Mi amigo me insiste en que nos vayamos a vivir juntos a alguna parte: Boston, Londres…Me manda decenas de mensajes.

—¿Pero tú qué quieres exactamente?—le interrogo—Y por favor no me mientas. No soportaría más mentiras, estoy preparada para todo menos para que me ocultes la verdad.

—Gracias—me dice.

Se hace un silencio que me resulta largo.

Veo que está buscando las palabras adecuadas mientras bebe el café. Yo respeto el silencio y sigo con las tostadas.

—Me gustaría irme solo. Saber quién soy, conocer mi sexualidad. Enterarme si soy homosexual o heterosexual. Vivir un tiempo sin amar a nadie.

—Pues sí, me parece que es el mejor camino. Aunque es posible que seas bisexual. Hay muchas personas bisexuales. Lo importante es que disfrutes con quien estés o que busques ligues pasajeros solamente si es lo que te va, pero sé honesto contigo y con los otros. Eres un buen amante Cristóbal, no me extraña que haya hombres a los que les gustes. A las mujeres ya lo sabes. Hasta tu hermano Carlos me lo dijo.

—Me gustaría que no le comentaras ni a Miriam ni a mi hermano nada de este tema—me expresa en tono de ruego.

—No le diré nada a nadie. Por mí no debes preocuparte.

— ¿Puedo quedarme unos días aquí contigo? Sé que es mucho pedir.

—Es mucho pedir sí, pero acepto. Dormirás en la habitación de invitados y no quiero que traigas tus cosas de pintura, deseo que solo estés unos días. Yo también necesito pasar página y cuidarme.

—Iré a por lo básico a casa de mi hermano mientras estás en el trabajo y le diré qué nos hemos dado un tiempo para ver si seguimos o no. Puedes decir lo mismo a tus amistades. ¿Te parece?

—Me parece bien. Ahora debo irme. El sol me espera.

— ¿El sol?

—Sí. Ahora le hago la competencia a Laura estudiando nuestra estrella. Ella es la especialista, pero la investigación me la han encargado a mí. Cuando lo sepa se pondrá de los nervios.

—¿Vienes a comer?—me pregunta.

—Me tomo algo en el descanso y vuelvo a las cinco, más o menos. Ahora tengo un nuevo amigo al que le hago el favor de llevarlo a su casa, vive cerca y no tiene coche, es nuevo en el centro de investigación y no conoce a nadie.

—Veo que no tendrás muchos problemas para sustituirme si me voy—me dice Cristóbal.

—Adiós—le digo sin darle explicaciones.

Hoy estoy poniéndome al día sobre las fluctuaciones en la cantidad de energía emitida por el sol. Tanto en la luminosidad como en su campo magnético. Las fluctuaciones tienen efectos en las manchas solares y quiero empezar a observarlas. Me dedico a observar milimétricamente todas las imágenes que me han enviado hasta que los ojos me lloran.

La temperatura media de la Tierra, depende en gran medida del flujo de radiación solar que llega, éste flujo es el motor de los fenómenos meteorológicos y le da a la atmósfera la energía para que se puedan producir., aunque no afecta casi nada en la variabilidad climática pues el sol es una estrella de tipo G, muy estable. Tan solo a largo plazo los cambios son trascendentales. Todo cambia con el tiempo me digo, los planetas, los satélites, los agujeros negros y las relaciones. El tiempo es el motor del cambio y es imposible pararlo. Puedes fingir que todo sigue igual pero es solo un espejismo.

Me siento hoy mucho más vital. Saber el motivo del comportamiento de Cristóbal me ha sacado del agujero negro donde me encontraba, descripción según el modelo espacial. Estoy trabajando con alegría y Luis me ha comentado que me ve muy bien, que le han pagado ya su primera nómina y que me quiere invitar mañana a cenar en el restaurante de Violeta como habíamos hablado. Le he respondido que conversaremos en el coche esta tarde o en el descanso.

Estoy en duda si esperar a qué Cristóbal se vaya para concretar lo de la cena con Luis o darle un poco en los morros a mi ex enamorado y quedar mañana mismo. Sí, creo que es lo mejor, cómo me vea demasiado pendiente de él se le van a subir los humos a este hombre tan confundido y tan extremadamente atractivo que es Cristóbal. Darle un poco de celos le puede venir bien, me digo.

En el coche de vuelta Luis me pregunta si vamos a ir o no a la cena mañana.

—Está Cristóbal en casa, estamos replanteándonos si seguir adelante o no con nuestra relación y no sabía si irme a cenar con otro hombre era lo correcto, pero he decidido que sí, que le puede venir bien que lo ponga celoso.

— ¿Le has dicho que soy gay?

—No, ni tú se lo digas si coincidimos. Si no, le quitamos la gracia.

—¡Me encantan los juegos de seducción!—expresa Luis

—Pues juguemos. Mañana te pones guapo, lo más heterosexual que puedas y me vas a recoger a las ocho y media a casa, te lo presento y que te vea. A ver si se pone celoso. Yo me encargo de llamar al restaurante, me conocen bien.

—Guay, guay...—grita Luis a la vez que toca las palmas. —estoy deseando que llegue mañana.

Cristóbal está en la casa cuando llego, se ha traído alguna ropa y un par de libros y se encuentra tranquilo leyendo. Lo saludo con alegría y le digo que voy a hacer una merienda cena pues tengo hambre.

— ¿Te apuntas? —le pregunto.

—No tengo mucha hambre pero te acompañaré—me dice.

Al entrar en la cocina veo que ha hecho una ensaladilla rusa muy adornada con tomatitos pequeños y aceitunas formando una especie de serie bicolor.

—La ensaladilla tiene una pinta muy buena. Una obra de arte—le comento a Cristóbal.

—Gracias, pensé que te gustaría encontrar algo rico al llegar.

Nos sentamos juntos en la cocina y nos servimos una copa de vino. La ensaladilla tiene muy buen sabor y todos sus ingredientes están en su punto, se nota que Cristóbal ha puesto empeño.

— ¿Cómo te sientes?—le pregunto.

—Me siento como en casa, como si hubiera llegado a puerto después de atravesar un océano, pero también me siento culpable.

—Dicen que la culpa no siempre es mala, a veces nos ayuda a reflexionar. Si me permites un consejo mira qué hay detrás de esa culpa.

— ¿Cómo puedo mirar detrás?— pregunta Cristóbal.

—A través del cuerpo. Cuando te sientas culpable mira en qué órgano de tu cuerpo sientes esa culpa.

—Tal vez en la cabeza o incluso en los riñones, no sé muy bien.

—Por lo poco que sé, en la cabeza están tus pensamientos sobre la culpa y el sentir está en el cuerpo. Creo que los riñones simbolizan el miedo. Mira a tu culpa y pregúntale de qué tienes miedo.

Cristóbal no suele creer en estos temas psicológicos pero aprecio que no se atreve a contradecirme, así que cierra los ojos y se queda en silencio un rato.

—Mi miedo es a quedarme solo. Existir sin la compañía de quien amo. Pasar la vida de garito en garito buscando un sustituto del amor—me responde con tristeza.

—Estoy segura que nuestro amor era real—le digo

—Yo también estoy seguro.

—Entonces ¿por qué te fuiste con él?

—Tal vez por perversión—me responde.

—Creo que debes aclararte un tiempo, no hay prisas. Irte solo a Boston o a Londres, te vendrá muy bien.

— ¿Me esperarás?—me pregunta

—Claro que no. Mi vida es mi fiesta no es la de mis amores. Yo debo seguir con ella y esta misma vida es la que nos volverá a unir o nos separará definitivamente.

Cristóbal se queda mirándome fijamente y luego dice en vos alta:

—Esta noche voy a escribirle a mi representante en Londres. Le diré que me busque un apartamento en la zona dos de la capital, donde pueda pintar sin pagar una fortuna y me iré, voy a mirar vuelos para partir pronto.

—Me parece bien—le expreso con aceptación.

Cristóbal se pasa la tarde leyendo y después vemos una película. Nos acostamos relajados cada uno en su dormitorio. Por la mañana salgo   hacia mi trabajo sin despertarlo.

Al volver me lo encuentro en el jardín jugando con Trabo, dice que ha comido con su hermano y ya tiene vuelo para mañana a las siete de la tarde rumbo a Gatwick, aeropuerto de Londres.

Le comento que hoy voy a cenar fuera, que no recuerdo si se lo había dicho, que mi amigo Luis me va a invitar, con su primera nómina del Centro de Investigaciones, como agradecimiento por ser su taxista.

— ¡Ah! , no me acordaba, pero bien— me responde con tono apagado.

Me doy un baño y me arreglo el pelo. Antes de vestirme me pongo un pijama para estar un rato cómoda. Voy al jardín donde siguen Cristóbal y Trabo medio dormidos en una hamaca.

—¿Qué tal el día?—pregunto, no se sabe bien si al hombre o al manso felino

Trabo me responde rozando mis piernas y levantando su rabo. Cristóbal dice que se encuentra agotado pero que ha podido solucionar todo.

—He llamado a mis padres en primer lugar y les he dicho que había hablado contigo y que nos vamos a dar un tiempo antes de decidir si seguimos juntos o no. Que me voy a Londres unos meses para cambiar de aires, pensar y pintar un poco. Después más o menos lo mismo a mi hermano Daniel, que no entendía nada de nada. Él es un hombre chapado a la antigua, y aunque le expliqué lo mismo que a mis padres, le parecí poco claro, pero me vine para acá sin hablar más. Luego me puse en el ordenador a comprar un billete a Londres que tenía ojeado. Mañana salían baratos. Me voy en principio a un hotel económico del centro, hasta que busque alojamiento.

—Pues sí, ha debido ser un día agotador. Si te vas mañana voy a anular la cena de hoy.

—No, por favor Estrella, entre nosotros está todo hablado. Prefiero no enredarme más. Deseo que sigas felizmente con tu vida.

—De momento sigo, pero no muy felizmente—le respondo

— ¿Acaso no quieres que me vaya?

—Me gustaría que te quedaras para siempre, pero eso nunca será posible si no te vas y te aclaras. Prefiero quedarme un tiempo sin ti y tener una posibilidad de que vuelvas con todo tu ser, a que no te vayas y estés aquí pero a la vez no estés. No sé si me explico—le aclaro.

—Muy bien—me dice con cara pensativa.

Me voy al baño a maquillar un poco y me pongo un vestido negro muy sexy que compré con Miriam el último día que fuimos al centro comercial. Después me coloco unos pendientes de colores muy llamativos y salgo al salón donde Cristóbal yace como si le hubieran dado un tiro. Al verme se levanta y dice que estoy fantástica. En ese momento llaman al timbre. Abro desde dentro de la casa y le digo a Luis que pase.

Luis también se ha puesto muy elegante, trae un traje de chaqueta que no le queda mal y lo hace menos flacucho. Se ha puesto gomina en el pelo y una camisa en tono rosa pálido. Le presento a Cristóbal y se dan la mano. Observo que Luis se ha sentido atraído por él, así que antes de que la cosa se complique más, le digo que nos vamos y salimos rápidos hacia mi coche.

—Jolines Estrella. Tu novio está como un tren.

—Se va mañana a Londres—le respondo con tristeza

—Yo me iría con él y lo dejaría todo. Al sol y a todos los planetas del sistema solar, incluido Saturno y sus anillos.

—Si hiciera eso y no cambio de proceder, igual que tantas mujeres de hoy día están cambiando. Las jóvenes seguirían siendo siempre dependientes. Hay que ser autónomas, y dar ejemplo a aquellas que no se dan aun cuenta.

—Anda, vamos al restaurante y disfrutemos de la comida, ya que hoy por hoy, no tenemos otro placer—me responde Luis con gracia, cambiando de tercio.

Cenamos nuestras croquetas y otras delicias hechas por Violeta. Bebemos varias copas de vino y como tengo el coche bien aparcado, nos volvemos andando a mi casa, dando un bonito paseo nocturno por la ciudad. Criticamos bromeando a algunos compañeros del trabajo y Luis me recuerda lo guapo que es Cristóbal. Se ha quedado impresionado y me dice con humor que lo va a tener más tiempo en la cabeza él que yo misma

Mi compañero sabe conducir para mi sorpresa y se ofrece a traerme el coche por la mañana. Le dejo la llave para que me lo traslade a mi puerta. Nos decimos hasta dentro de un rato pues el paseo ha durado su tiempo y yo entro en mi casa en silencio para no despertar a mi ex enamorado.

Mientras me estoy quitando el vestido pienso en el tiempo que pasaré sin ver ese cuerpo tan bello y sin tocar esos brazos tan fuertes que ahora duermen en la habitación de al lado.

No puedo pegar ojo y decido llegarme a la cama de Cristóbal y le pregunto suavemente si puedo dormir con él. Entre sueños él me dice que sí. Yo entro en la cama y él me rodea con sus brazos y me quedo así, muy quieta sin poder hablar. Sintiendo su aliento y su calor.

Cristóbal me besa en el cuello suavemente y las lágrimas caen por mis mejillas. Deseo que me haga el amor y se lo digo. No hace falta insistirle, él hombre fuerte me toma y me besa, me acaricia y me palpa entera…y nuestros cuerpos se confunden un tiempo agridulce… y me quedo dormida entre sus brazos.

Por la mañana suena mi móvil. Es Luis que viene a recogerme, le digo que no me encuentro bien y no iré a trabajar, que se lleve mi coche y me lo traiga a la vuelta. Y que por favor se lo diga a nuestro coordinador.

No salgo de la cama, quiero estar el mayor tiempo posible al lado de Cristóbal.

Se despierta y me besa.

—Nos queda poco tiempo de estar juntos—le digo

—Te escribiré.

Se traza un silencio entre los dos.

—No, es mejor que no sepamos nada el uno del otro en tres meses. Así podrás aclararte mejor.

—Y si vuelvo y te has enamorado de Luis.

—¿Mi compañero del Centro de Investigación?

—Sí, el joven científico que te invita a cenar—me dice con tintineo Cristóbal

—Es gay—le apunto.

—Vaya, no tienes suerte con los hombres—comenta Cristóbal

—No deseo más hombres, solo a ti.

Pasamos el tiempo que nos queda en la cama, de vez en cuando vamos a la cocina a reponer fuerzas y yo a echar comida a Trabo. El gato se acuesta con nosotros cuando termina de comer.

A veces Cristóbal me dice que no quiere irse y yo lo animo a que viva solo y averigüe lo que tanto le preocupa. Otras yo le expreso que se quede conmigo y él me explica que su viaje es un asunto pendiente. Así vamos turnando los papeles, a ratos. Abrazados, silenciosos o parlanchines, vemos correr el tiempo de la mañana. Hasta que se va acercando la hora de ultimar detalles y llamar a un taxi para que lo lleve al aeropuerto. Le digo que yo quiero llevarlo, pero recuerdo que no tengo coche. Es mejor así, me explica él. Me resultará más fácil irme si no te veo.

Cuando lo miro al salir, mi corazón da un vuelco. No tengo claro que vuelva. Lo querré siempre me digo, mientras las lágrimas caen por mis mejillas y veo que también por las suyas. Vuelve y me abraza fuerte.

—Vive—me dice bajito

—Tú también—le respondo aunque desearía haberle dicho "Lo intentaré", pero no quería que se fuera con ninguna carga.

El taxi arranca y me encuentro sola con mi gato, me vuelvo a la cama y me quedo allí en silencio abrazando a Trabo. Llaman a la puerta y recuerdo que mi compañero Luis me dijo que traería el coche.

—Ya se ha ido—le digo a Luis cuando entra.

—Volverá Estrella, lo vi en su mirada—me expresa mi compañero, supongo que para tranquilizarme.

Me abrazo a Luis y comienzo a llorar. Él me dice que llore mucho y me sentiré mejor. Después del llanto nos tomamos un vino con almendras tostadas que he encontrado en la cocina. Y Luis me cuenta varios cotilleos del trabajo para que olvide a Cristóbal .Me doy cuenta que es muy observador, se fija en todo.

—Te digo yo que el informático está liado con la técnica del laboratorio fotográfico—chismorrea Luis

— ¿Pero cómo puedes saber eso Luis?

—Tengo una cualidad innata para leer en los ojos—me dice moviendo graciosamente los suyos.

— ¿Qué ves en los míos?

—Que estas coladita por ese hombre que estará ahora subiendo al avión.

—Ja, ja, ja. No hace falta ser muy listo—le digo entre risas.

—Ahora a dormir y seguro mañana verás la vida con alegría. Nada es importante si no le dedicamos pensamientos—me explica mi amigo

—Nos vemos mañana o pasado, si me encuentro muy mal te llamo. Intentaré hacer un esfuerzo por reponerme pronto. Y muchas gracias por consolarme.

♥

Comienza mi nueva vida, una vida de incertidumbre. Debo aceptar que ni Cristóbal sabe lo que quiere, ni lo que siente... Si deseo compartir mi vida con él debo esperar, aunque nada seguro me encuentre.

Tengo al sol, nuestra estrella maravillosa. Una masa densa y caliente de hidrógeno y helio con un núcleo donde se realiza una fusión nuclear. Él determina el día y la noche, cuando se va duerme la vida.

Mi alma está ahora en la oscuridad hasta que vuelva la luz: Cristóbal. ¡Qué dolor!, me lastima este amor truncado que reduce mi vida a un obsesivo pensamiento, así que respiro hondo, para disolver esta corriente hiriente y mi cuerpo parece relajarse un poco.

Salgo a andar cada día, camino rápido por las calles centrales de la ciudad, donde siempre hay mucha gente. Veo pasar el tiempo y esta vez no deseo conocer a nadie;

es diferente. Se ha ido el amor de mi vida, no un amante corriente.

Luis me ha acompañado estas primeras semanas desde la marcha de Cristóbal. Me ha propuesto que le alquile una habitación para dejar su piso, pues se le va en el arrendamiento del apartamento completo, que apenas utiliza, casi la mitad de lo que gana. Le he respondido que hasta que no pasen los tres meses que Cristóbal y yo nos hemos dado para pensar si continuamos juntos o nos separamos definitivamente, no deseo hacer ningún cambio importante en mi vida. Me expone "en modo tesina", que si mi enamorado no vuelve debo alquilarle la habitación pues me va a ayudar a ser feliz.

Después de un fin de semana donde no he querido ver a nadie por un bajón de ánimo de los que van y vienen desde que se fue Cristobal; y en el cual he estado como una zombi, aturdida de mañana a la noche, me he levantado muy cansada y he tenido que hacer un gran esfuerzo para venir al trabajo. Me ha sentado mal el desayuno y tengo un poco de nauseas. No quiero faltar más a mi cita con el sol, pues últimamente me he tomado, en varias ocasiones, un día o dos libres y también estoy maquinando para intentar pedir mis vacaciones en el caso de que Cristóbal vuelva.

Luis me dice, en el coche de vuelta del trabajo, que me ve muy mala cara y le explico que he estado con mal cuerpo todo el día.

— ¿No estarás embarazada?

—No creo. Tomo anticonceptivos.

—Pero a veces fallan, especialmente si olvidas tomarlos algún día— manifiesta mi amigo.

—Creo que no he olvidado ninguno— le respondo pensando que hace tiempo los tomo sin mirar los días y puedo haberme confundido.

—Pues duérmete una siesta y luego cenas, si comes ahora, lo mismo vomitas— me recomienda Luis.

Comienzo a darle vueltas a la cabeza al llegar. "No puede ser, me digo". "Es imposible, pienso". "La regla no me ha venido, eso está claro". Me visto y corro a la farmacia.

He comprado dos test de embarazo, soy científica y considero que siempre hay que suponer un margen de error.

Me han recomendado hacer la prueba con la primera orina de la mañana, pero voy a hacerla ahora mismo pues me encuentro muy nerviosa.

Leo las instrucciones y la realizo

—Negativo

Me tranquilizo un poco y tomo una infusión pues no me apetece comer nada, se van las nauseas lentamente del aparato digestivo.

La valeriana con melisa y miel me ha producido un bienestar estomacal, así que me voy a la cama sin tirar ni la basura, tan solo ponerle su latita de comida al gato, acariciarlo un poco y a dormir. Despertaré temprano y me volveré a hacer el test.

Suena el reloj y me levanto con ganas de vomitar. Un líquido amarillo como bilis sale de mi boca y va al WC.

La prueba me vuelve a salir negativa y eso me tranquiliza, pero empiezo a pensar si no tendré alguna enfermedad de la vesícula biliar o del hígado, aunque desde que finalizó el vómito me encuentro mejor.

Mi buena amiga Miriam me ha hecho una visita después de cerrar su tienda. Le he confesado que no estoy pasando los mejores días de mi vida y que Cristóbal y yo, nos hemos dado tres meses para pensar si deseamos o no seguir juntos.

— ¿Y cómo le va en Londres?—me pregunta Miriam

—No lo sé, hemos decidido no escribirnos—le explico a mi amiga.

—Estrella, sabes que eso no me huele bien—me dice Miriam

—A mi tampoco y creo que me he angustiado tanto que he enfermado, tengo unas digestiones pésimas y me levanto vomitando bilis.

— ¿No estarás embarazada Estrella?

—Me he hecho varios test de embarazo y me han salido negativos. Y además hasta que se ha ido Cristóbal, tomaba anticonceptivos.

— ¿Pero tienes la regla normal?

—No, pero siempre he tenido desarreglos—le aclaro.

—Pide cita para el médico, yo te quiero acompañar. Llama a "salud al teléfono 24 horas", allí te dan cita ahora mismo, así nos programamos.

Mañana a las cinco y media de la tarde cita con el médico generalista. Miriam vendrá conmigo. Me ha prometido no hacer comentarios de mi posible enfermedad a su novio Daniel. Le he dejado muy claro que no deseo que Daniel sepa nada de mi vida en estos tres meses que pueda comentar a su hermano y hacerlo volver sin estar seguro.

Miriam y yo entramos en la Clínica con caras de preocupación. El viejo doctor me escucha atentamente y apunta que en primer lugar quiere descartar un embarazo, así que me hace una prueba más fiable. Bajamos al laboratorio y me la realizan allí mismo, al rato subo de nuevo a la consulta donde el médico me espera sonriente.

—Está usted embarazada—afirma

—¿Está usted seguro?—le pregunto excitada

—El margen de error es menor al uno por ciento, pero para más seguridad e información necesaria para usted, la envío al ginecólogo. Pida una cita en el mostrador a la salida.

Lo primero que se me ocurre decir, al salir de la clínica, con cita para la siguiente semana en ginecología, es a Miriam:

— Por favor no le digas nada a nadie.

—Tranquilízate Estrella, no voy a decir absolutamente nada.

Me siento en un banco y respiro hondo. Luego me abrazo a Miriam. No sé si llorar o reír. Miriam no se atreve a decir nada, no sabe si darme la enhorabuena o tener piedad de mí.

— ¿Qué piensas?—me pregunta después de un rato calladas.

—Pienso tenerlo. Es el fruto del amor—le susurro.

—Me alegro que la vida te haya hecho cambiar de opinión—sonríe Miriam y me abraza.

A Miriam le gustaría tener un bebé. Es cinco años mayor que yo y cree que ya es hora de ser madre. Es lo único que no le gusta de Daniel, que no quiere tener hijos, así que me manifiesta su envidia por estar preñada mientras me acompaña a mi casa y quedamos en vernos para ir juntas al ginecólogo.

En casa paso todo el tiempo pensando en el embarazo, cómo será el bebé, cómo cambiará mi vida, si sabré cuidarlo adecuadamente, si se lo debo decir o no a Cristóbal. Mi mente quiere controlarlo todo, pero es imposible hoy por hoy me digo y me preparo una infusión de tila.

La noche no es mejor que el día, los mismos pensamientos sobre el bebé surgen en la oscuridad, además la falta de luz me hace pensar más negativamente. Y si el niño no nace bien, y si Cristóbal cree que no es suyo, y si soy una mala madre…

Cuando le digo a Luis que estoy embarazada y por eso tengo mala cara y ganas de vomitar, me grita que él me lo había dicho. Se pone muy contento; tanto que parece que él es el padre.

—Supongo que el padre es el guaperas de Cristóbal.

—De momento es solo mi embarazo. No se lo voy a decir a nadie. Exclusivamente lo sabéis mi amiga Miriam y Tú. Así que ni se te ocurra cotillear del tema.

— ¡Qué pena! Una noticia así y tener que callarme. Si no viene el padre, te ayudo con la crianza. Me encantan los niños.

—Quiero celebrar que voy a tener un hijo o hija y que no estoy enferma. Te invito a cenar en mi casa. Pido comida y nos la traen.

— ¿Me puedo dar una ducha en tu casa? No tengo ganas de ir a la mía y volver—me pregunta Luis

—Claro. Por supuesto.

Escuchamos música, jugamos con el gato, hablamos de los ovnis y de la gente del trabajo y cenamos pizza. No es lo típico de una celebración de embarazo, pero Luis es especial.

—¿Cómo te sientes?—me dice antes de irse.

—Es algo inesperado en mi vida y tengo que adaptarme, con un niño o una niña a quien criar nada será igual, pero por alguna razón interna, me llega alegría. Una sensación diferente a estar contenta simplemente, es una mezcla de esperanza y amor.

—¡Qué bonito Estrella!—me dice Luis—te envidio. Seguramente no podré tener hijos propios.

—Tiempo al tiempo, eres muy joven.

Me quedo sola en casa, bueno sola no, con mi embrión en el útero y el gato en el sofá. Sentada en un sillón respiro hondo y miro mi panza plana aún. "Cristóbal es tu hijo también, quisiera tenerte a ti aquí, acariciando mi vientre. Te echo de menos" .Lloro por no poder enviarle este mensaje que me trago como quien se traga un caramelo apenas chupado. Sorbo las lágrimas saladas que afloran de mis ojos sin parar y decido dormir. Mañana tengo que trabajar.

Siempre que estamos nerviosos Luis y yo hablamos de ovnis en el coche. Así que mi amigo me saca el tema para que me olvide un rato del embarazo. Me dice que le encantaría ver un extraterrestre y es de los que cree también en su existencia y en sus visitas a la Tierra. Su opinión me es muy válida pues es un joven prometedor, un excelente investigador con el mejor expediente de su promoción. Sabe más matemáticas que yo y a veces le consulto. Una de sus fantasías preferidas es que casi nadie domina las matemáticas avanzadas como él y como yo, después que él. Aunque me río, un poco de razón lleva, las personas nos acostumbramos a los cálculos que más utilizamos y vamos perdiendo práctica.

—Yo saqué un sobresaliente en matemáticas— le digo

—Pero yo matrícula de honor—me responde con una altivez cariñosa—Ayudaba al catedrático en sus correcciones de exámenes y a veces lo sustituí en sus clases para resolver dudas, a las que iban aquellos alumnos que no comprendían bien los desarrollos explicados.

Desde que sé que estoy embarazada me tomo las cosas mucho más tranquilamente y me alimento con productos más sanos. Mañana voy con Miriam a la ginecóloga y espero que nos diga que todo marcha bien.

Me pregunta la joven ginecóloga, si es mi primer hijo, cuando tuve la última regla y la edad con que tuve la primera. Le hago ver que mis reglas cuando no estoy tomando anticonceptivos son muy irregulares y también que me he quedado embarazada estando tomando las pastillas antibaby.

—Seguro olvidaste alguna—me expresa muy secamente.

Después de hacerme una ecografía y explicarme que estoy embarazada y que el huevo ya ha anidado en el endometrio me manda unos análisis y me dice que vuelva en quince días. En principio todo está bien. Cuídese

Miriam me señala que debo estar alegre porque todo va estupendamente. Le pregunto si no le ha parecido un poco seca la ginecóloga y ella explica disculpándola, que si yo tuviera que ver todos los días diez o doce embarazadas seguro me lo tomaba como ella.

Le doy las gracias a mi amiga y le recuerdo que no informe a su pareja Daniel de nada de mi embarazo, pues seguro avisa a Cristóbal y no me apetece que vuelva sin querer volver. Ella antes de salir de mi coche me hace una señal para que aparque un momento delante de su puerta.

— ¿No crees que siendo el padre de tu bebé, Cristóbal, tiene derecho a saberlo?

—Tal vez tengas razón Miriam pero no quiero que vuelva presionado.

—Hay una vida que viene a través de ti pero no es tuya, hay cosas que no puedes decidir pensando solo en ti—me expone mi amiga muy seria.

—¿Y si me dice que aborte?—le pregunto

—Entonces puede que ya no necesites preguntarle nada más.

—Voy a pensarlo Miriam, solo te puedo decir eso en este momento—le comunico a mi amiga

—Te voy a llamar a menudo Estrella, desde hoy me considero la madrina de ese niño o niña que llevas dentro.

—Gracias Miriam.

Las palabras de Miriam recordándome que el bebé no es solo mío resuenan en mi cabeza sin parar. Tomo varias decisiones y las cambio al momento. Tal vez necesite consejo...

Al llegar a mi centro de trabajo me voy directa al despacho de mi coordinador de investigación. Es un científico de unos sesenta años, que siempre me ha tratado con respeto y dado buenos consejos. Lo veo sentado en su mesa con sus gafas redondas y su pelo canoso y pienso que mi padre tendría su edad en estos momentos. Don Valentín es un hombre sereno y me escucha atentamente cuando le digo que vengo a contarle un problema personal.

—Me presentaron a un hombre de mi edad cuando terminé mi anterior relación. Y he de confesarle que me enamoré de él totalmente. Vivimos juntos unos meses maravillosos. Después él se ha ido pues no tiene muy clara su sexualidad. Estoy segura de que me quiere y además conmigo ha sido un buen amante. Le explico esto pues me estoy sincerando con usted, ya que como sabe no tengo ni padre ni madre a los que pedir consejo y usted es un hombre discreto, al que admiro y sé que no hará comentarios. Él había tenido experiencias homosexuales y se encontraba muy confuso. Se fue a Londres a pasar tres meses antes de tomar la decisión de continuar juntos o dejarlo. Decidimos no tener comunicación en ese tiempo. Pero ahora, que tan solo han pasado siete semanas de su marcha me he enterado que estoy embarazada y mi consulta a usted es, si piensa que debo decírselo ya o esperar a que curse el tiempo que falta y decida libremente.

—Estrella, sabes que para mí eres como una hija. Por lo que me has contado creo que te será muy difícil compartir la vida con un hombre que no se siente solamente atraído por las mujeres. Pero con respecto a comunicarle lo del embarazo creo que tiene derecho a saberlo y debes decírselo lo antes que puedas. No lo presiones para que vuelva pues como te he dicho tal vez no sea, lo que a la larga, te haga feliz. También quiero decirte Estrella   que si necesitas tomarte algunos días o cualquier otra cosa en lo que pueda ayudarte me lo comuniques.

—Muchas gracias de verdad y ya me voy, el sol es mi mejor amigo actualmente—le respondo a la vez que me levanto de la silla dispuesta a comenzar con mi trabajo.

Luis me acompaña en la vuelta como siempre y me cuenta los progresos del informático Juanma, el ex de mi amiga Miriam, con la técnica del laboratorio de fotografías. Hoy se han besado a la hora de comer, me narra mi compañero y se han comido juntos una tortilla de patatas que ha traído ella hecha de casa. Han estado sentados en la sala pequeña de descanso de nuestro edificio, todo el tiempo. Y yo que hoy me he traído un bocadillo y también me lo he comido allí, lo he visto todo.

—Luis ¿no le habrás contado a nadie que estoy embarazada?—le pregunto.

—Eres una pesada Estrella, te dije que no iba a decir nada y así ha sido y será.

—Disculpa, es que hasta no saber que todo va bien e informar al padre de la criatura no quiero que se sepa.

—Claro, claro. Si yo lo entiendo—me dice mientras lo paro en la puerta de su casa.

—Hasta mañana—me despido.

He ido a hacerme los análisis y mientras esperaba mi turno le he escrito un mensaje a Cristóbal siguiendo las directrices de mi consejero, el coordinador de investigaciones de mi trabajo.

"Hola Cristóbal, aunque quedamos en no escribirnos he preferido comunicarte un acontecimiento que te concierne. No quiero que la noticia te haga precipitar tu decisión, creo que es bueno que te tomes tu tiempo, pero debo informarte de lo que ocurre pues es algo que no solo me pertenece a mí. Estoy embarazada y tú eres el padre del futuro niño o niña, si llega a nacer. He tomado la decisión de seguir con el embarazo aunque no me lo esperaba pues como sabes tomaba píldoras anticonceptivas, pero la vida se ha abierto camino aún con los obstáculos y mi cuerpo o mi conciencia me hacen seguir adelante.

En principio todo va bien aunque tengo unas nauseas matutinas muy incómodas. Solo decirte que cuando tomes la decisión que consideres me informes. Yo estaré aquí ocupada con mi maternidad. Un abrazo."

Me sacan la sangre y Cristóbal ya me ha respondido cuando salgo y vuelvo a mirar mi móvil.

"Estrella. Cogería un avión para estar allí en estos momentos, pero creo que debo agotar mi periodo de reflexión aunque me cueste. Seré el mejor padre del mundo de ese niño o niña, estemos juntos o separados. Un abrazo"

Es un mensaje tranquilizador para mi embarazo y le doy las gracias con mi voz interna pues decido no escribirle de nuevo, pero me quedo con muchas dudas de si va a querer recuperar nuestro amor. No quiero sufrir, por el bebé y por mí, así que me vuelvo al centro del trabajo para comenzar a mirar al sol, su luz, sus tormentas y su interior.

♥

Los días van pasando tranquilos, desde que le di la noticia a Cristóbal mi ánimo se serenó y he pasado unas semanas muy relajada. El estómago se ha asentado y no vomito por las mañanas. Luis se ha quedado a dormir un par de días en mi casa y está deseando saber si le voy a permitir o no mudarse, alquilándole la habitación de invitados, pero siempre le digo que debo esperar el tiempo que he pactado con el futuro padre de mi bebé.

Una noche se presentaron Miriam y Daniel a verme sin avisar, me dijeron que estaban dando un paseo por la zona y se acordaron de mí. Cristóbal había llamado a su hermano dándole la noticia de mi embarazo y estaban preocupados, por eso vinieron supongo. Hablamos un rato de mi nuevo estado y que todo marchaba bastante bien, después Daniel me dijo que no entendía el comportamiento de su hermano y que debía regresar ya. Él lo había llamado insistiéndole, pero Cristóbal estaba decidido a no volver antes de los tres meses.

—No te preocupes Daniel, es por un pacto que hicimos. Él no tenía claro si vivir en pareja y es mejor que lo medite un tiempo. El niño no ha nacido y todo va bien.

—Pero ahora todo ha cambiado Estrella—me dice con cara de disgusto

—.Es un cambio no previsto, a mí también me ha sorprendido mi propio embarazo. He optado yo sola por continuar sin pedirle opinión. No deseo que viva conmigo solo por el bebé. Es muy importante que no le presionemos—le señalo.

Miriam estuvo muy callada, tan solo al marcharse se abrazó a mí y me recomendó cuidarme mucho y llamarla para cualquier cosa.

El coordinador de mi investigación me ha adoptado como una hija. Se llega a mi mesa de trabajo con más frecuencia que en todo el tiempo que llevo trabajando en el Centro Astronómico. Me pregunta cómo me encuentro o si necesito algo y Laura está que trina. No he querido hablarle a mi amiga de la razón por la que se acerca tanto a mí Don Valentín Sousa, nuestro coordinador jefe, pero entre sus visitas a mi mesa y el haberme entregado la investigación del sol, siendo Laura más experta que yo en el estudio de estrellas, se la ve muy mosqueada.

Como no quiero hacerla sufrir he quedado hoy con ella en la pequeña sala de descanso y me he traído la comida, ella siempre se la trae de casa pues cocina todas las tardes para que sus hijos coman sano.

—Hace tiempo que no hablamos y quería contarte un par de cosas—le comento.

—Estoy un poco molesta contigo Estrella, pues no sé qué te traes entre manos con Don Valentín—responde Laura

—Nada en absoluto, de eso quería hablarte.

—¿Y por qué va tanto a tu mesa?—me pregunta.

—Bueno, en primer lugar decirte que me sorprendió que me diera el estudio del sol a mí, pero como sabes ni tú ni yo opinamos en la distribución de las partes de la Investigación. Y en segundo lugar decirte que le comenté un día que me encuentro embarazada y que tenía que hacerme análisis y pruebas por lo que debía faltar ocasionalmente. Y él que sabe que no tengo padres me viene a preguntar cómo me encuentro de una manera muy paternal.

—¿Estás embarazada Estrella?— pregunta Laura con cara de sorpresa.

—Sí, así es—le digo

—Pero si no querías tener hijos...

—Me han fallado las píldoras anticonceptivas—le aclaro

—¿De Cristóbal?—me pregunta dubitativamente

—Si, por supuesto.

—Tenía entendido que estaba en Londres.

—Me embarazó antes, aunque lo ha sabido ahora. Se fue para aclararse si quería vivir o no en pareja y sigue allí pues decidimos darnos tres meses para dilucidar ambos. Dentro de poco hablaremos y decidiremos lo que vamos a hacer.

—Enhorabuena—me dice

—Gracias Laura, hemos estado un poco distanciadas pero sabes que te aprecio mucho.

—Estoy tan sorprendida con tu nuevo estado que me olvidé de comer

—Vamos entonces a almorzar y ya charlaremos otro día—le contesto a mi amiga mientras comenzamos a tomar nuestros saludables alimentos.

♥

Hoy es un día especial. Cristóbal ha vuelto de Londres. Ya han pasado las catorce semanas que nos dimos de plazo y el `padre del bebé que llevo dentro de mí, se encuentra en estos momentos en casa de su hermano quien lo ha recogido, junto a Miriam, en el aeropuerto.

Me ha puesto un mensaje que no quería molestarme hasta que habláramos y que permanecía con la familia. Hemos quedado para conversar mañana sábado a medio día en el restaurante de Violeta que es como nuestro hogar. Yo prefería charlar en mi casa pero él ha insistido y ha elegido el lugar.

Pienso que me va a decir que será un buen padre y que no vivirá conmigo pues ha experimentado la libertad de ligar con quien le plazca sin dar explicaciones y no puede dar marcha atrás.

Para no traumatizarme ni tampoco influir negativamente al bebé, estoy haciéndome a la idea. Ya he empezado a considerar las ventajas de una crianza sola, sin nadie que me diga lo que hago mal o bien, sin ninguna persona que critique mis gustos en el vestir al bebé, o en mis decisiones importantes…Recuerdo que mis padres discutían mucho por cada cosa que hacían conmigo. Mi madre quería que hiciera la primera comunión y mi padre no, mi madre pretendía que estudiara en la provincia y mi padre en la ciudad y así todo…siempre dos versiones. Por otro lado los acontecimientos últimos en mi cuerpo han hecho que mi amor irrefrenable por Cristóbal haya pasado a un segundo plano y casi prefiero vivir sola o eso creo en este instante.

Duermo tranquila, paso del duermevela al sueño pensando en cómo me voy a vestir para la comida y me despierta Trabo que ya quiere comer y subir a la valla a mirar la calle. Después de atenderlo me preparo un café y tostadas con aceite de oliva. Me ducho, lavo y seco el pelo y me coloco ropa de deporte mientras limpio la casa. Una hora antes de salir para comer veré qué ropa me pongo para encontrarme con mi dudoso amante, aun no lo he decido.

Llaman al timbre, como no espero a nadie supongo que será Luis, quien se acerca a saludarme cuando sale a correr los días que no trabajamos. Le abro y le digo que pase sin preguntar. Entra un hombre que no es Luis; es Cristóbal que según dice no podía esperar.

Nos abrazamos y los dos nos ponemos a llorar.

—Pasa al salón—le digo quitando la fregona de la puerta, pues iba a limpiar el suelo cuando ha llegado.

—Estás muy guapa—me dice.

—Tú tampoco estás mal—le respondo

—Te he echado mucho de menos.

—Y yo

— ¿Cómo te he podido embarazar si tomabas píldoras?—me pregunta cariñosamente mientras me besa el vientre.

—Debes tener unos espermatozoides muy potentes

—Sé que ninguno de los dos nos lo habíamos planteado pero estoy contento—me dice Cristóbal sonriendo.

—Yo también estoy alegre aunque mi vida se va a complicar mucho.

—Nuestra vida—puntualiza

—¿Has pensado en lo que vas a hacer?—le pregunto directamente.

—Deseo casarme contigo y criar juntos a nuestro hijo.

— ¿Estás seguro?

—Sí, lo he pensado mucho y sé que "El final de mi camino solo puedes ser Tú".

—¡Es el título de una preciosa canción que conozco!.

—La he escuchado mil veces en Londres, mientras pensaba en ti.

—Esto es tan perfecto que no me lo puedo creer—expreso emocionada.

—Estoy aquí y no pienso irme, puedes creerlo.

Lo abrazo y le palpo su bello cuerpo, sus brazos fuertes...beso su boca. El me coge y me lleva a la cama. Poco a poco me quita el chándal y se desnuda entero, mientras observo este organismo hecho hombre que me pertenece al menos este instante. Hacemos el amor como otras veces, con pasión y dulzura. Amor con mayúsculas...

— ¿Anulo la comida?—me pregunta Cristóbal.

—No, celebremos nuestro encuentro. Esta fecha hay que recordarla siempre.

Y salimos duchados y guapos hasta el establecimiento. Brindamos por nuestro hijo y terminamos con una tarta de queso al limón en forma de Estrella que Cristóbal ha encargado para mí y que acaban de traer.

Ya en la calle Cristóbal se sienta en un banco que encontramos mientras me indica que me coloque a su lado.

—Tengo para ti un anillo—dice mientras saca una cajita del bolsillo.

—¿Lo has bajado de Saturno?—le pregunto

—No, lo he mandado hacer yo, para demostrarte que estoy seguro que eres mi incuestionable amor.

— ¿El verdadero?—le pregunto para sacar de mi cualquier duda.

—El real—me dice mientras me coloca un doble anillo y me da otro igual para él, que estaba dentro de la misma cajita.

Se lo coloco en su dedo y nos abrazamos bajo el cielo de Andalucía, con la Luna como testigo.

Cuando llega el verdadero amor—me digo a mi misma— se aprende a diferenciarlo de ese otro amor, reducido y ficticio, que a veces vivimos. El amor real le da un sentido a tu vida de libertad y energía sin límites, y está mucho más allá del compromiso….

♥

Ya en casa, Cristóbal me pregunta sí deseo una boda íntima o una boda espectacular.

—Yo preferiría un casamiento íntimo.

—Pero mis padres y mis hermanos me gustaría que asistieran.

—Está claro. Es más, como mi padre no vive podría ser tu hermano Carlos el padrino—le expongo.

—Es una idea preciosa. Será para él uno de los días más emocionantes de su vida— me comenta ilusionado Cristóbal.

—Yo invitaría por mi parte a los íntimos. A Miriam con tu hermano, mi coordinador don Valentín y su esposa, Laura con su familia y Luis. Ellos tienen que venir y si puedo localizar a un primo que vive en Córdoba y que es el único familiar vivo que tengo lo avisaría también.

—En mi caso no puede faltar mi representante y algunos familiares cercanos. Y mi madre sería la madrina, con mi hermano llevándote del brazo.

—Una boda civil ¿no?—pregunto a mi futuro marido

—Sería lo más coherente y no creo que a estas alturas a mis padres no les parezca adecuado—me responde.

—Llevamos bastante bien todo el asunto, normalmente las parejas se pelean organizando la boda, según tengo entendido—le expongo.

—Pues a ver si te parece bien también, mi propuesta de casarnos en una hacienda que el hermano de mi padre tiene en Cazorla. Él y mis primos se dedican a organizar pequeños eventos. Estoy seguro que si la celebramos allí, incluso iría el representante del ayuntamiento a realizar la ceremonia y mi padre se pondría contento. He sido un hijo que le ha dado muchos problemas a mi familia y si celebramos allí nuestra boda olvidarán el pasado.

—Creo que es un buen lugar y no voy a ser yo quien ponga algún obstáculo a que tus padres disfruten—le declaro.

—Pueden cocinar allí en la hacienda o encargar un catering especial de bodas—me explica Cristóbal

—Francamente esas cosas no me interesan mucho, si se encarga tu tío mejor, después le pagamos los gastos—le indico

—Mi madre disfrutará organizándolo todo si le damos un poco de tiempo.

—No hay prisas, aun no se me nota la barriguita. Y además buscaré un bonito vestido para mí, como un agradable pasatiempo.

— ¿Te vestirás de novia tradicional?

—No, pero buscaré un vestido blanco por los tobillos que me siente bien y sea discreto, elegante y especial.

—Tendré que buscar yo una vestimenta elegante y especial también. —me indica con un gesto cariñoso.

Suena el teléfono y Cristóbal me dice bajito que es su padre. Salgo del salón y cierro la puerta, quiero que se sienta con intimidad para comunicarle todo lo que está ocurriendo. Me voy con Trabo al porche y juego con él.

Cristóbal lleva más de quince minutos hablando y me encuentro cansada, así que me voy a la cama a descansar. Cuando me despierto veo que casi ha anochecido y que no hay nadie en la casa.

Me pongo a preparar algo para cenar y suena la puerta. Es Cristóbal con cara de preocupación.

—¿Te pasa algo?—le pregunto preocupada.

—He salido a dar un paseo para despejarme, he discutido con mi padre—me dice con cara de cordero degollado.

— ¿Puedo saber por qué?

—Dice que debemos casarnos por la iglesia, que mi madre si no se lo va a tomar fatal.

—A mi no me importa Cristóbal, si podemos hacer felices a tus padres, tampoco es para tanto. Es una Institución muy arraigada y para ellos ignorarla es traumático.

— ¿De verdad no te importa?

—Para mí lo importante es que estés conmigo y tengamos a nuestro hijo. Si he de casarme en un bello edificio de espiritualidad, no voy a hacer de ello un problema y me gustaría que no te tomaras tan trágicamente la cosa. Nuestra vida no va a cambiar mucho por la forma en que celebremos una ceremonia.

—Además de guapa e inteligente, eres comprensiva—me da un beso y sale a la calle.

Cristóbal vuelve con mejor cara al cabo de diez minutos y me cuenta que ya ha solucionado todo.

El tiempo pasa rápido y me alegro de haber delegado en mi suegra los preparativos de la boda. Pues estoy rindiendo bastante en el trabajo para terminal la investigación del sol.

Como es la primera boda que se celebra en la hacienda familiar de Cazorla, los primos de Cristóbal están ilusionados y coordinándolo todo muy diligentemente. A nosotros nos tocará pagar las facturas, pero no se casa una todos los días.

♥

Miriam y yo estamos durmiendo en la misma habitación en casa de los tíos de Daniel y Cristóbal. Vinimos los cuatro ayer junto a Trabo, aunque la boda no será hasta mañana. Mis futuros suegros y Cristóbal, se han encargado de todo mientras yo trabajaba para disponer en estos momentos de quince días libres por matrimonio.

Hemos llegado con un poco de tiempo para que mi próximo cuñado Carlos se adapte a los cuidados del gato, del que se hará cargo unos días. Para conocer también cómo será la ceremonia, la celebración y ultimar los últimos detalles, e ir a la peluquería entre otras cosas.

Mi amiga me expresa que me envidia por mi maternidad y mi futuro matrimonio. Le respondo que no todo es tan idílico, que aunque he aceptado ser madre sin habérmelo planteado previamente, tras admitir que la vida tiene más fuerza que las decisiones individuales; me esperan noches en vela y preocupaciones por enfermedades, cuidados y todo lo que conlleva la crianza. Y que aunque me caso muy enamorada, el amor a veces no dura siempre y vienen baches y separaciones...pero que la vida es así, con tormentas y calmas, como ella bien sabe.

—Tienes razón, pero hoy eres la estrella. La astrónoma que estudiaba los anillos de Saturno, y ahora llevas uno doble en tu dedo.

—Sí, nos lo quitaremos antes de la ceremonia y nos los volveremos a poner. Cristóbal me lo regaló un mágico día y quiero que este sea el anillo de nuestra unión

Miriam se queda pensativa, parece que no le cuadra el quita y pon de los anillos, ella es mujer de símbolos. Yo soy más una mujer de energías. Cambio de tema y le pregunto…

—Miriam ¿Sigues queriendo tener un hijo?

—Sí, lo deseo muchísimo—me dice con voz esperanzada.

—¿Y por qué no lo tienes?

—Daniel se separó de su anterior mujer porque no quería tener hijos—me recuerda.

—Si es cierto, me lo dijo. Pero las personas cambiamos de opinión.

—Temo que me abandone si se lo pido—
me señala Miriam compungida.

—Cuando pase mi boda se lo expresas,
arriésgate. Te mereces realizar tus deseos. Si
te deja, él se lo pierde. Pero estoy convencida
que no te abandonará, eres una mujer tan
positiva y agradable que nadie querría
renunciar a ti.

—Te haré caso—me dice pensativa.

—¿Quieres ver mi traje de novia?, serás
la primera persona que lo ve—le digo
ilusionada.

—Es el mismo vestido vintage que llevó
mi madre en su día, me lo ha arreglado una
modista y diseñadora de la zona, que me
recomendó Laura. Realza mucho mi cuerpo
pues es ceñido, ¡menos mal que apenas
tengo abultado el vientre!—le explico también.

Se lo muestro y ella toca la bella tela del
vestido, que palpa con mucha delicadeza,
como si de un frágil tesoro se tratara.

—Como ves, la tela es de encaje, muy
ligera y no he querido que me tape los pies
para darle un estilo más moderno. No voy a

llevar velo pero mira el bisel de encaje a juego que me han confeccionado con la tela cortada de abajo y con accesorios de perlas plateadas para poner sobre mi pelo suelto. Me voy a colocar también esta pulsera de pequeñas perlas que lució mi madre. Creo que con su vestido y su pulsera, haré que se encuentren mis padres aquí conmigo de algún modo, en un día tan importante.

—Estarás guapísima y si hay un más allá podrán verte—me dice mi amiga.

—Mañana tenemos cita en el salón de belleza, es mejor que nos durmamos o vamos a tener muy mala cara—le señalo.

—¿Vendrán a maquillarte y darte un repaso al pelo antes de la boda?

—He dicho que no, me voy a dejar el pelo suelto y solo tendré que cepillarlo pues me lo lavarán mañana en el salón de belleza y respecto al maquillaje, como voy siempre muy sencilla lo haré yo y si tú me ayudas, nos valemos.

—Cuando yo me casé me dejé llevar por todo el mundo: por mi suegra, mi madre, Juanma. Al final me sentía un monigote.

Hasta el traje me lo regalaron y tuve que arreglarlo yo misma. Un desastre. No disfruté nada. Estoy saboreando todo más con tu ceremonia que en la mía—me dice Miriam mientras apaga la luz.

Por la mañana, mi futuro cuñado nos lleva a Miriam, a mi suegra y a mí, al salón de belleza. Para los varones ha llegado a la casa un barbero-peluquero que dedicará la mañana a poner guapos a los hombres. La vivienda está patas arriba y Carlos, mi otro cuñado, no para de reír cuando pasa con el gato Trabo entre sus brazos. Ayer le pusieron el traje que llevará cuando me coja del brazo y estaba tan apuesto que lo confundí con Cristóbal. Cada vez que me ve me da un abrazo y me dice guapa, su presencia me hace sentir que estoy con gente que me quiere.

Al finalizar del ajetreado día Cristóbal se acerca y me pregunta si me encuentro bien. Le digo que un poco cansada pero feliz. Él me cuenta que está como una moto pero que le encanta ver a sus padres disfrutar. Esta tarde ha estado enredado   con la decoración y revisando el menú.

En secreto me dice también, que como la exmujer de su hermano Daniel quiso casarse en Madrid, esta es la primera boda de la familia que se celebra en la hacienda de su tío. Sus primos son jóvenes y todos quieren que sea un éxito.

♥

La ceremonia fue breve y sencilla pero resultó perfecta. Incluso el lío de los anillos fue un detalle original.

Un acto para recordarlo siempre. Todos los invitados se han presentado puntuales y aunque no eran muchos, había tal bullicio en la hacienda que creía que se estaba celebrando alguna boda más en otro salón. Un pariente sacerdote ha ejecutado la breve ceremonia en un gran patio preparado para la ocasión y después hemos entrado al lugar de la celebración. Cristóbal y su madre decidieron que era un lugar más familiar que la iglesia del pueblo.

El número de personas acompañando a cada invitado a su lugar, sirviendo, recogiendo platos, amenizando musicalmente la velada… era elevado y en la decoración no han escatimado en gastos. Había guirnaldas de flores blancas colgando de varales y arcos. Mesas con bonitos manteles y sillas forradas de blanco. Un pequeño detalle de madera tenía los nombres de cada invitado para que ocuparan su lugar correspondiente. No faltaba un detalle pues la madre de Cristóbal lo había preparado todo al milímetro.

Yo entré al jardín del brazo de Carlos, que no paraba de sonreír. Nos hemos incorporado al altar mientras un flautista tocaba la marcha nupcial. Junto al sacerdote nos esperaban Cristóbal y su madre. Me he sentido tranquila. Miriam me dio una tila con unas gotitas de coñac, antes de vestirme y me sentó muy bien.

Después de los ricos manjares que hemos disfrutado, los músicos han tocado una pieza lenta y Cristóbal me ha sacado a bailar. No sabía que tenía preparado el tema y me he puesto colorada, aunque he salido airosa del lance. Después se han puesto a bailotear muchas personas cuando la música pasó a ser más movida.

En un momento se han acercado a mí, el coordinador Don Valentín junto a Laura y

Luis; me han dado dos sobres. Uno de parte de ellos tres y otro que me envían mis compañeros de trabajo a pesar de no haberlos invitado. Al retirarse los he abierto y en uno había dinero y en el de los compañeros un resguardo para retirar un cochecito de bebé de una tienda conocida.

Luis se ha unido al grupo de amigos de Cristóbal cuando la mayoría de los invitados se han marchado. Él pensaba quedarse a dormir en una pensión donde había hecho reserva, así que se lo pasará en grande. En un momento lo he visto tonteando mucho con un amigo de mí ya marido, que no conozco, y he llegado a preguntarme si no será el ex amante que lo acompañó a Boston. Decido no indagar, hay cosas que duelen tanto, que es mejor olvidar.

Cristóbal y yo nos vamos antes de que se acabe la fiesta pues la tensión de estos días nos ha cansado mucho.

Miriam y Daniel nos han regalado dos noches románticas en una cercana Residencia de la Sierra, restaurada por la empresa donde trabaja él y situada en medio de la exuberante Naturaleza. La suite tiene jacuzzi y está repleta de detalles exquisitos. Al entrar en ella tanto Cristóbal como yo nos hemos quedado asombrados. Se encuentra situada en un magnífico claustro acristalado y por sus ventanas se ven grandes extensiones ajardinadas y una piscina con una fuente espléndida.

Al anochecer observo las estrellas por los magníficos miradores y busco a Saturno con sus anillos. Mi marido me dice si espero ver un ovni mirando tanto al cielo y yo sonrío y lo abrazo.

—Todo ha estado perfecto—me dice Cristóbal.

—Ha sido mucho mejor de lo que me esperaba—le respondo.

—¿Te pondrás el vestido en casa para que te pinte?. Estás radiante con él—me dice.

—Si te inspira, me lo pondré—le respondo.

Desde la gran cama veo algunas constelaciones, le digo a Cristóbal si quiere saber el nombre de alguna y me apunta que le diga solo un nombre y luego le cuente una fábula sobre ella, para así quedarse dormido.

Cuando cierra los ojos en la gran cama, le relato que la constelación de Andrómeda tiene tres estrellas más brillantes que el resto y que la más resplandeciente de todas es Sirah, que en realidad no es solo una estrella sino dos que orbitan una alrededor de otra y que están a noventa y siete años luz de la Tierra.

—Ese cuento es muy técnico Estrella. Invéntate algo—me dice haciéndose el interesante.

—Ahí va uno mitológico...—le digo sonriendo.

Andrómeda fue la hija de los reyes de Etiopía y tras ofender su madre a los dioses, Andrómeda fue ofrecida en sacrificio y atada a una roca. Se encontraba triste y sola junto al pedrusco que le quitaba lo más preciado de la vida "la libertad". Quería morir aunque no entendía porque ella era la que debía pagar por los errores de su madre y cuando ya desesperada por encontrase atada había decidido su muerte, el héroe Perseo la rescató. Se casaron y tuvieron nueve hijos.

— ¿No estarás pensando en que tengamos nueve hijos?—me pregunta Cristóbal sonriendo.

—Depende de cómo seas de fogoso—le respondo en broma.

—Me gusta el nombre de Andrómeda si tenemos una hija—me dice.

—Es bonito, pero si es niño no quiero ponerle Perseo.

—Es más bonito Saturno—me expresa con ironía

—¿Ya quieres tener la primera discusión de casados?—le pregunto caricaturizando.

—Desde luego que no, me dice mientras me besa....

Al finalizar nuestra estancia en el lujoso residencial, Cristóbal me propone hacer una pequeña ruta por el sur de este precioso país donde vivimos. Cogeríamos su tienda de campaña y sus bártulos de camping y me llevaría a lugares hermosos que conoce y que le gustaría volver a ver conmigo.

No lo había previsto, habíamos hablado de no hacer viaje de novios mientras estuviera embarazada, pero lo he notado tan ilusionado que decido saltarme mis previsiones y le digo que sí con una condición.

—¿Cuál es la condición Estrella?—me pregunta.

—Es una que no te esperas—le respondo para introducir un poco de intriga

—No me hagas intranquilizarme—me responde nervioso Cristóbal.

—La condición es que tú elijas solo la mitad de los lugares a los que vayamos—le apunto

—Una condición muy democrática— comenta él.

—No podría vivir con alguien que desee llevar siempre las riendas—le digo seriamente.

—Creo que eres muy inteligente Estrella— me dice con segundas

—Gracias—le digo en el mismo tono.

— ¿Quien elige primero?—pregunta

—Debes ser tú pues es tu propuesta—le respondo sin dudarlo.

—Pues nos vamos a la Sierra de Tentudía, al sur de la provincia de Badajoz. Cuando lleguemos y admires las vistas te contaré la leyenda del monasterio. Ya sabes que soy hombre de historias y fábulas

—Genial. Presiento que en este viaje vamos a hacer una ensalada de mitos y dogmas—comento.

—También tomaré apuntes para mi próximo cuadro—me recalca

Hago la maleta mientras Cristóbal toma las últimas fotos del lugar y guarda su cámara.

Ponemos rumbo al sur de Badajoz en nuestro coche, una vez que recogemos en su casa, los enseres para poder acampar en el viaje.

Accedemos al Monasterio de Tentudía desde Calera de León, transitando una carretera local con muchas curvas que hace que tengamos que parar un rato, pues me siento mareada. El embarazo me ha afectado al estómago, pero puedo pasar sin vomitar. Despúes seguimos hasta la cima, que está a 1100 metros de altura. Al bajar del coche disfrutamos mucho los dos, observando las vistas de casi toda la comarca, a simple vista desde el alto lugar, o correteando por el terreno.

Entramos al edificio, que es robusto por fuera y ha sido remodelado en varias ocasiones, hasta que llegamos a un precioso claustro de estilo mudéjar del siglo XVI.

—Creo que este sitio es un buen lugar para que me cuentes la leyenda de Tentudía—le digo a Cristóbal.

—No, quiero contártela cuando estemos dentro de la tienda de campaña. El anochecer es un momento mágico para las narraciones. Conozco un sitio precioso para acampar muy cerca de aquí.

La tienda de campaña es muy moderna y dándole a un solo botón se despliega como un iglú, al que solo hay que amarrar al suelo con unos pinchos. La maleta de acampada trae también dos sillitas pequeñas que se pliegan y apenas ocupan lugar, un aparato de aire para el colchón y una linterna. Cristóbal ha debido hacer bastantes acampadas pues con ligereza monta el pequeño campamento y prepara el colchón inflable con los sacos de plumas.

Cuando estamos acostados encima del cómodo colchón inflable y arropaditos con nuestro saco térmico, mi esposo me describe que en este lugar, en el siglo XIII, se desarrolló una batalla entre los árabes y un capitán de la orden de Santiago. Este último, al ver que llegaba la noche y no lograba vencer imploró a la virgen gritándole "Virgen María, detén tu día". Entonces el sol se paró en el horizonte y ¡no se hizo la noche! .Los árabes perdieron la batalla.

—Y construyeron el monasterio los vencedores, supongo—le digo.

—Al principio edificaron una pequeña ermita y después se fue ampliando hasta ser la sede actual de la Virgen de Tentudía.

—Es una historia interesante, tal vez no cierta, pero curiosa—le explico a Cristóbal — Ya sabes que no creo que el Sol, nuestra estrella maravillosa, cambiase su trayectoria ni su ciclo temporal para ayudar a nadie.

—Entonces ¿te ha gustado más el retablo de Niculoso Pisano, que hemos visto dentro de la ermita, que mi relato?—me pregunta Cristóbal en tono de humor.

—Muchísimo más—le respondo a la vez que le beso.

Nos vamos de Tentudía tras recoger minuciosamente los bártulos. Desayunamos en un bar de la zona. Cristóbal me expone que ahora que me está conociendo más, le resulto "mandona". Aunque me lo dice en tono humorístico, sé que es verdad.

—Querido Cristóbal. Por mucho que esté coladita por tus huesos soy una mujer empoderada. Y menos parir, que no puedes por ahora, en lo demás me gustaría que participásemos los dos. A veces tú más en algún tema y otras yo en otros; pero recuerda que "el dar y el recibir" debe estar compensado, para que la convivencia sea positiva.

— ¿Has hecho cursos de psicología?—me pregunta con cara extrañada.

—Sí, cuando mis padres fallecieron en el accidente tuve que ir al psiquiatra y después a una psicóloga quien me recomendó algunos cursos y los hice. Creo que hay que ser una misma y uno mismo. Nada de parejitas superficiales que no se dicen lo que hay.

—Bien, pues, ¿A dónde vamos?—me pregunta retador.

—Conduciré yo. Te daré una sorpresa, no vamos lejos.

Conduzco por una carretera arbolada unos veinte o treinta kilómetros por la misma comarca de Tentudía, hasta una aldea perdida llamada Santa María de Nava que se encuentra en el límite de Extremadura con Andalucía. El pueblecito está enclavado en una hoya en medio de una arboleda de encinas. Comienza a llover un poco al llegar, y bajamos los cristales del coche para oler a tierra mojada y a pasto.

— ¿Te gusta el olor a tierra mojada?—le pregunto

—¿Es maravilloso!— expresa aspirando el aire.

Cuando cesa la lluvia paseamos por la dehesa y los setos, hasta encontrar un riachuelo donde beben varios burros. Cristóbal les hace fotos entusiasmado pues hacía tiempo que no veía animales como ellos.

—¿Te gusta la escapada rural?—le pregunto a mi entretenido marido.

—Me encanta. ¿De qué conocías el lugar?

—Vine con mi padre; tenía un amigo artesano aquí y lo acompañé una vez que lo visitó. Era muy niña, pero ayer, cuando estaba mirando la comarca desde Tentudía, lo recordé.

Cuando fuimos a comer al pueblo después del largo paseo por la hoya, nos enteramos que habían construido tres bungalows para albergar a los pocos turistas que pasan por la zona. Así que nos quedamos en uno de ellos que parecía muy cómodo. Tenía baño y cocina equipada con todos sus utensilios.

— ¿Quieres que compremos comida y hagamos la cena?—pregunta Cristóbal—pues me temo que no hay muchos lugares donde comer aquí.

—Vale—respondo

Se va y vuelve con tres fiambreras de comida casera que le han vendido en una taberna.

Nos comemos la tortilla de espárragos y los muslitos de pollo y después, mi recién estrenado esposo, saca de la última fiambrera dos pedazos de tarta de galletas.

— ¡Esto no me lo esperaba Cristóbal!, creo que va a ser lo mejor de la luna de miel—le digo cuando pruebo la exquisita tarta casera.

—Creí que pensabas que era un buen amante—me responde bromista

—Y lo eres, pero la tarta está de muerte…

Le expreso un adiós a este lugar que visité de niña con mi padre y que me ha acercado un poco más a él. Ahora que espero un hijo o una hija, me encuentro con más frecuencia recordando mi infancia o reviviendo conversaciones que en su día tuve con mi madre o con mi padre. A veces los siento cerca, como si me protegieran desde el más allá. Y especialmente en esta zona he palpado mentalmente su aura.

Nos vamos de la hoya extremeña rumbo al Torcal de Antequera, ya que Cristóbal quiere que conozca el paisaje Kárstico más espectacular de toda Europa y desea que recorramos sus senderos partiendo de un centro de visitantes que conoce.

Mi esposo no ha querido guía y vamos andando los dos solos por senderos que afortunadamente están bien señalizados. Doy las gracias por echar en mi equipaje de boda mis botines más cómodos, gracias a ellos sobrellevo la aventura con decoro. Meditamos un rato en un punto que tiene una energía especial, llamado "Hoyo de la Burra" y después de andar dos horas por el terreno pedregoso admirando las impresionantes formaciones de rocas que a veces crean figuras; penetramos en un área de laberintos donde me habría perdido si llego a estar sola. Nos vamos cuando comenzamos a sentir el frio típico del clima de sierra que penetra en los huesos. Le digo a Cristóbal que no quiero enfermar pues estando embarazada no puedo tomar antibióticos y que me gustaría darme un buen baño caliente.

Cristóbal ha encontrado por el móvil un buen hotel, donde pasar la noche y poder calentar mi cuerpo con mi deseado baño.

Como la bañera es muy grande nos hemos metido los dos y hemos jugado un rato con la espuma. Después me pregunta si me ha gustado el paisaje.

—Es un paisaje impresionante—le respondo—no lo conocía y me ha entusiasmado verlo. He sentido la inmensidad y el misterio del planeta cuando andábamos por los laberintos y hasta me he emocionado.

—¿Sabes que se formó en el periodo Jurásico, cuando el Océano Atlántico y el mar Mediterráneo estaban unidos?

—No lo sabía

—En la era Terciaria, se produjo una orogenia y se levantó esta zona y los sedimentos marinos de la época en que fue un brazo de mar dieron lugar a las sierras calizas.

—¿Piensas pintar algún cuadro con elementos de aquí?—le pregunto

—Llevo muchas fotos de nuestro viaje, ya veremos.

Después hablamos de volver a casa, ha sido un bonito viaje pero estamos cansados. La presión que origina una boda se nota también en el cuerpo y Cristóbal ha advertido mi agotamiento.

—No quiero que te canses demasiado en tu estado—insiste Cristóbal.

Yo no insisto; la verdad es que deseo volver ya, pero debemos pasarnos a recoger el gato que se encuentra en casa de su tío según le ha dicho a Cristóbal su madre. Carlos se tuvo que volver con ellos pues debía seguir su módulo de jardinería en su centro educativo y el gato ya estaba acostumbrado a la hacienda.

Después de recoger al felino y comer con los familiares de Cristóbal hemos puesto rumbo a casa.

En el viaje siento un poco de miedo, mientras Cristóbal conduce, mi mente no para de pensar si se adaptará a vivir en una pequeña ciudad. Él, que ha viajado por media Europa y América, puede que le resulte pequeño mi mundo de estrellas y planetas.

— ¿Crees que te adaptarás a la vida en familia?—le pregunto

—Mi idea es adaptarme, aunque no quiero ser el típico marido.

—Nunca he estado casada, así que no se cómo es el típico marido.

— Estrella, tú tienes tu trabajo y yo el mío. Te has casado con un artista y yo con una astrofísica. Habrá épocas que estemos juntos y otras que viajemos, no adelantes acontecimientos. La vida es imprevisible.

—Tienes toda la razón—le digo para mostrar que le entiendo y a la vez tranquilizarme.

Después de acomodarnos en casa y de poner a Trabo en el porche con su comida, me siento a descansar. Siento un poco de molestias en el abdomen pero no quiero alarmar a Cristóbal, quien se ha puesto a descargar las fotos de la boda y el viaje, en el ordenador.

Cuando me encuentro más descansada entro en la cocina para cocer unos huevos, hacer una ensalada y cortar un poco de chacina   que hemos comprado en un matadero de la carretera. Al   llamar a Cristóbal para decirle que la cena está preparada noto que me baja mucha sangre. Entro en el servicio y sí, creo que el bebé no ha querido nacer y he tenido un aborto.

Le explico a Cristóbal lo que ha pasado y me pregunta si me duele y al decirle que no mucho, decidimos ir con nuestro coche al hospital.

Más o menos tengo claro que he abortado, pero cuando el ginecólogo me hace una ecografía me lo confirma. Me dejan ingresada para vigilarme durante la noche y hacerme por la mañana un legrado.

—Cristóbal, quiero que te vayas a casa a descansar, me encuentro bien y me van a dar un sedante para que duerma relajada.

—Me quedaré aquí contigo. No deseo que estés triste por la pérdida del bebé y estemos separados.

—Si te veo sentado ahí en el sillón no pegaré ojo. Me encuentro bien, mañana tal vez me haga a la idea de la pérdida y me encuentre peor. Ahora solo estoy cansada. Vete a casa y no se lo digas a nadie, quiero dormir.

Cristóbal se va con cara de pena y cuando sale me pongo a llorar. La verdad es que no le había puesto nunca cara a este bebé, y no sé por qué. Nunca me planteé tener hijos pero al quedarme embarazada me alegré, aunque no me imaginé con el bebé en los brazos, solo sentí una alegría indefinida al hacerme a la idea. Luego vino todo el revuelo de la vuelta de Cristóbal, la boda y tampoco lo visualicé y ahora no existe ese hijo o hija que esperábamos.

El sedante hace su efecto y duermo plácidamente hasta que vienen a prepararme para hacerme el legrado. Cristóbal llega en ese momento y me abraza fuerte.

Cuando salgo del pequeño quirófano donde me han atendido, siento que todo ha terminado, pero noto a Cristóbal pendiente de mí y que me dice:

—Estrella, somos jóvenes, lo intentaremos de nuevo.

Yo guardo silencio y me agarro a su brazo y salimos del centro hospitalario hasta el aparcamiento, dejando a un lado la silla de ruedas que me han ofrecido.

—La vida nos lo dio y luego nos lo ha quitado, solo podemos aceptar lo que hay—le digo.

—Tal vez no debimos hacer el viaje rural en tu estado—comenta Cristóbal.

—Cuando se produce un aborto natural es que algo no estaba bien, así que es mejor respetar el curso de la Naturaleza. No creo que haya sido por el viaje, su sino no era nacer. No debemos darle más vueltas a la cabeza.

Parece que nos hemos tranquilizado y ponemos rumbo al hogar. Una nueva vida nos espera, todo está por suceder…

Varios días de descanso y vuelvo a mi trabajo. Les informo a todos que he perdido al bebé y mis compañeros me dicen que lo sienten mucho. Mi amigo Luis me pregunta a la vuelta en mi coche.

—Sabes que siento mucho lo del aborto, pero ¿has perdido solo al bebé o también al marido?

—Luis, es una pregunta fuerte, pero te responderé. Creo que solo he perdido al bebé. No puedo quejarme del comportamiento de Cristóbal en ningún aspecto. Pero la vida da muchas vueltas, no sé qué me deparará el futuro.

Mi esposo ha empezado un nuevo cuadro, una composición un poco surrealista con elementos de las fotos del viaje que hicimos después de la boda. Estos días posteriores a la pérdida del bebé lo he notado triste, pero no he querido hablar del tema pues no estaba preparada.

Por la noche en la cama Cristóbal quiere que le explique cómo me encuentro y yo le digo que también deseo saber cómo está él.

—Habla del tema tú primero—me dice.

—Solo si después hablas tú también muy sinceramente—le indico

—Trato hecho—responde.

—Físicamente estoy bien y he de confesar que por alguna razón no había visualizado nunca al bebé. Lo había aceptado y lo quería, aunque no era producto de un deseo genuino. Simplemente había llegado a mi vida y lo asumí y te informé pues era de los dos. Estoy triste, pero no es una negrura mental como cuando perdí a mis padres. He aceptado su marcha y el dolor desaparecerá. Para ser sincera me preocupa que la disposición de nuestra boda, que fue por el bebé, haya desaparecido y nuestro matrimonio no progrese.

—Cuando te escucho Estrella, siento que no podría estar con otra mujer, eres sincera hasta la médula y eso hace que yo tenga también que serlo.

—Gracias, háblame con toda la sinceridad que puedas, por favor—le digo.

—Cuando salimos del hospital desee irme de la ciudad y empezar una nueva vida, el lazo más fuerte que nos unía había desaparecido y me sentí libre. Después supe que quería irme para no sentir el dolor de la pérdida. Yo sí deseaba a ese bebé, lo deseaba con intensidad y deseaba que tú fueras su madre. Estoy muy triste pues me duele su pérdida y quiero quedarme y superar el dolor junto a ti. Y si tú quieres, buscar otro bebé para que sea nuestro hijo o nuestra hija.

Hacemos el amor entre lágrimas. Hacía días que la frialdad se había instalado entre nosotros pero la pasión ha vuelto.

La luz del sol tarda en llegar a la Tierra ocho minutos y veinte segundos. Y esa luz recorre ciento cincuenta millones de Kilómetros y hace que todas las formas de vida de nuestro planeta, y de otros que no conocemos en su totalidad pero que tal vez alberguen vida, se sustenten.

Se formó nuestra maravillosa estrella, por las ondas de choque de varias supernovas y por ello abunda el oro en el sistema solar, ya que las reacciones nucleares endotérmicas lo formaron (para que fuera un sistema rico y especial en la Vía Lactea) a la vez que crearon el uranio.

El oro es amarillo metálico y el uranio es metálico blanco plateado. Son dos metales con una riqueza especial. El uranio mantiene la vida en la Tierra pues la desintegración de sus isótopos genera un calor que contribuye a mantener la temperatura de nuestro planeta y su campo magnético.

El oro tiene un poder para la especie humana muy diferente y sustenta una economía alejada de la verdadera vida. Genera luchas y guerras por su dominio.

Hoy también estoy estudiando el efecto coriolis y otros efectos producidos por el movimiento del sol, quien rota por su ecuador más deprisa que por sus polos, y ello es debido al movimiento de convección por el trasporte de calor, que provoca una rotación diferencial…Estoy en ello cuando recibo un mensaje de Cristóbal.

—"He vendido un cuadro en Madrid .Me lo acaba de decir mi agente".

—"Enhorabuena, si quieres salimos esta noche a celebrarlo".

—"Haré una cenita e invitamos a Miriam y Daniel ¿Te parece?"

—"Genial, me encanta la idea"—le escribo.

Cristóbal ha ido a comprar langostinos y ha hecho una ensaladilla con la cenefa bicolor de aceitunas negras y tomates pequeñitos que tanto le gusta. También ha comprado el vino gran reserva que saboreo yo con más agrado.

Yo he sacado mis platos bonitos y las copas que heredé de mi madre y que solo utilizo en los días muy especiales y es que esta cena es una vuelta a la cotidianidad, a la paz del hogar y un reencuentro con los amigos.

Miriam viene muy guapa, se le ve una cara muy luminosa y Daniel tiene muy buen aspecto y ya no cojea.

Cristóbal cuenta nuestro viaje y no nombra la pérdida del bebé. Y después de la cena pone diapositivas de la boda y del viaje. Miriam, sí me pregunta cómo me encuentro y le cuento lo ocurrido. No lloro aunque me apetece pues no quiero estropear el encuentro. De todas formas la energía ha cambiado en la reunión, ella se lo ha dicho a Daniel.

Su hermano dice que somos jóvenes y podemos procrear más adelante.

—Tal vez también vosotros—le respondo

—Nunca me había planteado tener hijos, como sabéis, pero desde que conocí a Miriam estoy cambiando de idea.

—¡Pero eso es estupendo!—expreso mirando a mi amiga.

—La verdad es que me alegra mucho escucharlo—responde Miriam

—Pues brindemos por ello entonces— propone Cristóbal

♥

Don Valentín nos presenta en la reunión las nuevas directrices de estudio para los próximos meses, sobre impactos en planetas, satélites, cometas y asteroides del sistema solar. Y Luis propone estudiar también los planetas errantes cercanos a la Tierra, que pueden chocar con ella. El coordinador dice que aunque ello es altamente improbable que ocurra, pues los asteroides y cometas tienen mucha mayor probabilidad de choque con nuestro mundo, comenta que no estaría mal estudiarlos también.

Por alguna razón desconocida Don Valentín me encarga a mí el estudio de los planetas errantes y a Luis los cometas. Y a él no le sienta del todo bien el reparto.

Le digo que yo sé muy poco de planetas nómadas o errantes, como él los llama, y Luis me responde que todavía lo entiende menos.

— ¿Crees que yo te pisaría tu idea?— le pregunto

— Don Valentín siempre te mima—me dice

—Si te parece hablaré con él para que nos lo cambie. Pero ven conmigo, no quiero que haya secretos entre nosotros y desde luego yo no he hablado con Don Valentín sobre nada de la nueva investigación en ningún momento.

Vamos juntos al despacho del Jefe y le expongo la posibilidad de cambiar su estudio por el mío ya que Luis sabe mucho de planetas errantes.

Don Valentín dice mirando a Luis.

—Luis, en la actualidad tú eres mi mejor investigador. Dispones de más tiempo, dominas más idiomas y sabes más matemáticas. Te quiero en la parte principal. Lo siento. Estrella ahora acaba de perder un hijo y se encargará de la parte menos importante que son los planetas errantes. Podéis marcharos.

Cuando salimos le miro la cara a Luis y está sonriendo.

—Perdona Estrella por haber dudado de ti—me dice.

—Todos a veces nos ofuscamos, ahora sabes que el Jefe confía más en ti que en ninguno del equipo, a mi me ha dado un tema superficial para él.

—Pero muy interesante—me dice.

—Probablemente—le respondo

—Podría haber hasta cien mil planetas errantes por cada tres por ciento de estrellas que existen en el firmamento—me anticipa Luis.

Al llegar a casa leo un artículo que me ha pasado mi compañero experto en planetas errantes, para ir entrando en materia.

Estos planetas han sido expulsados de su sistema solar bien porque la estrella se ha convertido en una supernova o porque en la interacción con otros planetas se ha salido del sistema.

Las estrellas muy densas y masivas capturan muchos planetas errantes y a veces no se ven pues están entre nubes densas de gas o de polvo cósmico.

A unos veinte años luz de la Tierra, se encuentra un planeta errante conocido y es doce veces más grande que Júpiter. El planeta es demasiado joven para ser una estrella fallida del tipo enana marrón—me escribe Luis en sus notas— Su campo magnético es unas doscientas veces más enérgico que el de Júpiter. Tiene auroras boreales y gracias a ellas se ha detectado…

Cuando salimos a dar un paseo una de las tarde que Cristóbal va a Madrid, Luis me vuelve a pedir perdón. Apunta que le apasionan los planetas errantes y que le recuerdan a él mismo su comportamiento. Le explico que me dolió su duda sobre mi persona pero que también veo que Don Valentín me tiene un especial cariño y piensa que al perder un hijo, no tenga la capacidad de concentración optima.

Lo invito a pasar a mi casa para que conozca a una persona que ahora trabaja algunas horas para Cristóbal y para mí.

—Hola Magdalena te presento a Luis, un compañero de trabajo

—Encantada señor—responde ella.

Vamos a la cocina, a tomar un refresco, a donde Magdalena se incorpora para finalizar de hacer albóndigas. Mi compañero y amigo se queda mirando las albóndigas y como veo que hay muchas le digo a Magdalena que le ponga unas cuantas en una fiambrera a Luis, que vive solo y que seguro es lo más rico que ha probado en años. Luis no dice que no y le da las gracias a la cocinera con la cara peculiar de placer que suele poner cuando está contento.

Después estamos un rato en el porche con Trabo y Luis me pregunta por Cristóbal.

—Está en Madrid llevando un nuevo cuadro a su representante.

— ¿Pero todo bien?

—Creo que sí, pero la vida puede sorprendernos, siempre te lo digo pues cada vez lo tengo más presente— ¿Cómo va tu amor con el guaperas alemán que me contaste te habías ligado?—le pregunto después.

—Tal como llegó se fue, ya no estoy enamorado—me cuenta Luis.

—Eres un cabeza loca, no me extraña que te gusten los planetas errantes, son como tú, de un lado para otro, sin comprometerse con ninguna órbita concreta.

—Menos mal que no has dicho que terminan en un agujero negro—comenta Luis en tono bromista.

—¿Quieres que te diga todo lo que sé de planetas errantes?

—Prefiero escuchar lo que pasa por esa cabecita loca—le respondo a mi amigo.

—Me estoy planteando probar una relación con una mujer. Tal vez sea bisexual y nunca lo he probado.

—Me parece una idea estupenda, yo ya me he dado cuenta que en el Centro Astronómico hay un par de mujeres jóvenes que te miran mucho.

—Lo sé y por eso te lo digo—me aclara.

—Pues cuéntame, esto es mucho más entretenido que los planetas errantes.

—Fátima es la rubita bajita con cara de muñeca barby ¿Te sitúas? Y Dolores la morena andaluza que es muy guapa pero que es muy alta para mi gusto. He salido con las dos unas cuantas veces cuando tú has estado liada con la boda. Una noche nos fuimos a bailar y a las tres de la madrugada no tenía ganas de andar a mi casa y cogimos un taxi los tres a casa de Fátima y dormimos allí.

—¿Te liaste con alguna?—le pregunto intrigada a mi compañero preferido.

—No, pero me sentí atraído por Fátima. Es bajita pero tiene un cuerpo muy bonito. ¡Por algo se empieza!

—Pues no dejes de explorar ese nuevo camino que se ha abierto en tu vida. El tiempo pasa rápido.

—¿No te parezco un poco alto para ella?—me pregunta Luis.

—Eso son minucias, además ella suele ir con zapato plano, siempre se puede poner un buen tacón cuando quiera estar más a tu altura—le apunto.

—Te haré caso—me dice otro hombre confundido…

—Y me cuentas como van tus progresos. Sin entrar en detalles íntimos por supuesto.

Nos reímos los dos un rato y después Luis se va y yo me quedo con trabo en el porche. Me siento feliz con mi gato en brazos, mirando su cara graciosa y sus ojos bizcos.

♥

Cristóbal llega de Madrid. Lo veo más alegre que de costumbre pues incluso acaricia al gato.

—¿Cómo te ha ido todo?—le pregunto después de abrazarlo.

—He disfrutado mucho en el ambiente artístico de Madrid y mi representante ha colocado muy bien el cuadro. Espero venderlo pronto.

—Cuéntame un poco de la capital, me estoy quedando atrasada en los asuntos de moda, espectáculos y arte. No quiero ser una provinciana sitiada. Lejos de la movida cultural y creativa donde te mueves.

—Están cambiando bastante los barrios de Sol, Chueca, Malasaña y Chamberí, que son por los que me he movido. Hay muchos bares modernos donde se reúnen muchas personas con sus ordenadores y donde han colocado libros y cuadros de artistas. Este tipo de bares—cafés que ya conocí cuando estuve en Copenhague o en Estocolmo se están haciendo muy usuales y son un lugar de encuentro de la gente de nuestra edad. En algunos de ellos hay actuaciones de música en directo o de humoristas con sus monólogos sociopolíticos.

—La próxima vez, como algo excepcional, me gustaría acompañarte—le comento animada por su descripción.

—Me encantaría Estrella. Te pides un par de jornadas libres y disfrutas de Madrid.

—Me apetece una noche de desenfreno en otro escenario—Le expreso a mi esposo. Sin ni siquiera ser muy consciente de lo que le he dicho.

— Vaya, vaya…

—Como debe ser de vez en cuando—le manifiesto sonriendo.

— ¿Qué tal en el Centro Astronómico?

—Voy a empezar a investigar planetas errantes—le digo

—Suena bien ese nombre—me dice Cristóbal dándome un abrazo y un beso.

—Es una investigación curiosa

—Tengo que hablarte de un tema de herencia, me dice antes de irnos a la cama.

—¿De herencia?—le pregunto extrañada.

—Ha muerto un tío mío lejano que vivía en Toledo y nos ha dejado una pequeña tierra a los tres hermanos. La vamos a vender pues no queremos ir y venir tan distante. No es mucho dinero pero nos da para un buen viaje.

—No está nada mal y que en paz descanse tu tío—le digo—

—Era muy mayor, casi tenía cien años.

Nos acostamos y antes de apagar la luz Cristóbal me pregunta si me arrepiento de haberme casado con él.

—Pues no—le digo— y no solo por ti a quien quiero, admiro, y más cosas que no me apetece decir ahora... sino porque creo que estoy otra vez embarazada.

—Pero eso es excelente, ¿estás segura?—me pregunta Cristóbal emocionado

—Sí. Ayer me hice un test y me dio positivo, pero no quiero que se lo digas a nadie hasta que pase algún tiempo. Y vayamos al médico, todo esté bien y demás

—No te preocupes. Esta vez todo va a salir bien Estrella—me dice entusiasmado.

Apagamos la luz y nos acoplamos uno junto al otro, sintiendo nuestros cuerpos pegados. Me encuentro tranquila y feliz a su lado, el simple contacto piel con piel me completa y el sueño se aproxima como una ola.

Antes de dormir noto a Cristóbal que enciende una pequeña linterna que hemos colocado en la mesita de noche y mira a Trabo que se ha vuelto a echar en nuestros pies. Todo está perfecto parece decir, pues al minuto se pone a roncar suavemente.

Mientras pierdo la conciencia por la llegada del primer sueño, pienso que cuando se conoce el verdadero amor, se aprende a diferenciarlo de aquel amor que nos contaron en la infancia, que hablaba de príncipes y princesas. El amor real es diferente, pues es misterioso e imprevisible y no se puede comparar con nada. Tiene su dosis de dolor, de dulzura y de pasión. Cuando llega a tu vida lo aceptas sin reservas, igual que aceptas al sol cuando empieza el día y notas que amanece.

Otras obras de la autora:

La reencarnada. Novela breve

AMORES COYIDIANOS Novela Romántica

Europa 2315. Novela Breve

Calihappy. Caligrafía Emocional Bilingüe

El nacimiento de la estrella Mireya. Cuento

Luz Mota. Extremadura 1959

Profesora de EE Jubilada

Licenciada en Filosofía y Ciencias de la Educación.

Licenciada en Psicología.

Formada en Terapias Humanistas.

Andalucía 2021

Printed in Great Britain
by Amazon